MARIE-RENÉE LAVOIE

Tagebuch einer furchtbar langweiligen Ehefrau

Pressestimmen:

»Ein urkomischer Racheakt, der seinesgleichen sucht.«
Grazia

»Diane steht vor den Trümmern ihres Bilderbuchlebens. Bis sie eines Tages bemerkt, wie lebendig man sich fühlt, wenn man auf den Rest ebenfalls pfeift. Herrlich!«
Donna

»Ein aufmunterndes Buch, das den Leser mit frischer und leichter Sprache nicht nur schnell ins Geschehen eintauchen lässt, sondern auch Tatendrang und müde Lebensgeister weckt«
Maxi

»Eine tolle Mischung aus großartigem Humor und warmherziger Anteilnahme.«
Toronto Life

Die Autorin:

Marie-Renée Lavoie, 1974 in Limoilou/Québec geboren, unterrichtet Literatur am Collège de Maisonneuve in Montréal. *Tagebuch einer langweiligen Ehefrau* war sowohl in Québec als auch im englischsprachigen Kanada ein großer Erfolg. Die Fortsetzung *Tagebuch einer überaus glücklichen Geschiedenen* erschien im September 2021 bei Eichborn. Aktuell arbeitet die Autorin am dritten Teil der Reihe.

Die Übersetzerin:

Christiane Landgrebe war Lektorin in verschiedenen Publikumsverlagen, ist Übersetzerin aus dem Französischen und Italienischen und Autorin von Büchern zur Zeitgeschichte und zum französischen 18. Jahrhundert.

MARIE-RENÉE LAVOIE

Tagebuch einer furchtbar langweiligen EHEFRAU

Roman

Aus dem kanadischen Französisch
von Christiane Landgrebe

eichborn

Dieser Titel ist auch als E-Book erschienen.

Die Bastei Lübbe AG verfolgt eine nachhaltige Buchproduktion. Wir verwenden Papiere aus nachhaltiger Forstwirtschaft und verzichten darauf, Bücher einzeln in Folie zu verpacken. Wir stellen unsere Bücher in Deutschland und Europa (EU) her und arbeiten mit den Druckereien kontinuierlich an einer positiven Ökobilanz.

MIX
Papier aus verantwortungsvollen Quellen
FSC® C014496

Eichborn Verlag

Titel der kanadischen Originalausgabe:
»Autopsie d'une femme plate«

Textredaktion: Aylin LaMorey-Salzmann, Berlin
Umschlaggestaltung: U1berlin / Patrizia Di Stefano
Einband-/Umschlagmotive: © getty-images: R.Tsubin | GeorgePeters
Satz: hanseatenSatz-bremen, Bremen
Gesetzt aus der Kepler Std
Druck und Einband: GGP Media GmbH, Pößneck
Printed in Germany
ISBN 978-3-8479-0110-5

2 4 5 3 1

Sie finden uns im Internet unter eichborn.de

Für alle, denen wegen eines »Auf immer und ewig«, das doch vorzeitig endete, das Herz gebrochen wurde.

Wir sollten darüber lachen.

KAPITEL 1

in dem ich erkläre, was ich von der Ehe halte.

Ich fand es schon immer ziemlich anmaßend, alle seine Lieben zu versammeln und ihnen zu sagen: Seht her, wir beide sind im Moment eng miteinander verbunden in der Illusion von Ewigkeit, und bei uns gilt das FÜR IMMER, allen deprimierenden Statistiken zum Trotz. Wir haben euch gebeten, Zeit und Geld aufzuwenden und hierherzukommen, denn wir sind gegen alles gefeit, was bei anderen die Liebe tötet. Wir sind dreiundzwanzig, wir sind uns unserer Sache ganz sicher und möchten das mit euch teilen. Dass die meisten vor uns an so einem Versprechen gescheitert sind, hat uns weder überzeugt noch erschreckt. Unsere Liebe wird halten, sie ist nämlich etwas ganz Besonderes. Unsere Ehe wird überleben.

Doch auf fast allen Hochzeitsfeiern, auf denen es viel zu trinken gibt, stürmen die Leute auf die Tanzfläche und wollen Gloria Gaynor und ihren Song *I will survive* übertönen und sagen, sie hätten das Ende ihrer Illusionen überlebt. Ich habe genug Frauen gesehen, die mit imaginären Mikrofonen in der Hand sangen: *I will survive, hey, hey!* Ja, sie haben überlebt, trotz ihrer Scheidung.

Eigentlich gibt es nur ein echtes Problem bei einer Hochzeit: das gegenseitige Treuegelöbnis. Es ist einfach unseriös, sich Liebe für ein ganzes Leben zu versprechen, in guten wie in schlechten Zeiten. Damit künftige Generationen ehrlich sein können, schlage ich vor, das Gelöbnis abzuändern, damit es besser ins 21. Jahrhundert passt und sich nicht anhört wie im Märchen: »Ich verspreche dir feierlich, dich zu lieben und so weiter und so weiter, bis ich es nicht mehr tue. Oder bis ich mich in jemand anders verliebe.« Es ist doch nicht zu übersehen, dass die Dampfwalze des Alltagslebens selbst die größten und stabilsten Leidenschaften plattmacht.

Gewiss, jeder kennt Paare, die seit sechzig Jahren zusammen sind, allen Stürmen standgehalten haben, eine schöne Metapher, die seit Jahrhunderten dazu dient, die Enttäuschung von Eheleuten, die oft Gefangene ihres Versprechens sind, in ein besseres Licht zu rücken. Es gibt auf Erden mehr Kinder mit sechs Fingern oder Zehen als Paare, die wirklich ihr ganzes Leben lang miteinander glücklich sind. Für Wissenschaftler sind solche Auswüchse große Ausnahmen, die Ehe aber ist in unserer Gesellschaft noch immer eine der wichtigsten Institutionen. Eigentlich müsste man eher den sechsten Finger oder Zeh feiern.

Ich wollte einfach nur mit dem Mann leben, den ich liebte, und Kinder mit ihm haben. Ich wünschte mir, dass wir uns gegenseitig beistehen würden, so gut es ging, und zwar so lange wie möglich. Ich hätte meine Kinder nicht weniger geliebt, wenn sie unehelich gewesen wären, und auch nicht meinen Mann, wenn er nur mein Freund gewesen wäre. Vielleicht sogar mehr, denn diese Ehe hat uns eingeengt und ich erkannte nicht, dass unsere Liebe langsam zerbröckelte.

Ich habe geheiratet, weil die Familie meines Mannes Liebe allein zu simpel fand. Ich hatte bis dahin noch nie gehört, dass Einfachheit etwas Schlechtes sein könnte. Aber sie wollten es gern schwierig – bitte schön, jetzt konnten sie es erleben: Scheidungen sind schließlich alles andere als simpel.

Ich habe Jahre gebraucht, um wieder klarzukommen, nachdem er mir gesagt hatte: »Ich gehe, ich liebe eine andere.«

Er hat mit diesen Worten nicht mich getötet, aber die Person, die ich mir vorgestellt hatte, in seinen Augen zu sein. Er hat die Person getötet, die durch die Erfüllung, die ich gefunden hatte und die mein Leben ausmachte, existieren konnte. In unserem Zusammenleben hatte ich mich völlig aufgegeben, es war ja schließlich durch feierliche Versprechen und geweihte Ringe besiegelt.

Als er mir sagte, er könne sich nicht mehr an das Versprechen halten, glitt mir der Boden unter den Füßen weg. Nur wenige Worte, und ich verlor jeden Halt. Ich stürzte in die Hölle hinab und konnte mich nirgendwo festhalten.

Nun mag es den Anschein erwecken, ich sei ihm böse gewesen, dass er mich nicht mehr lieben konnte. Aber Gefühle lassen sich nicht befehlen, das weiß doch jeder. Und das ist auch gut so. In unserer Wut vergessen wir es manchmal, aber irgendwann versteht man es wieder. Ich wusste es immer, auch in der Zeit, als ich völlig am Ende war. Wie hätte ich ihn auch zwingen sollen, mich weiter zu lieben? Sicher wäre es auch für ihn einfacher gewesen, noch in mich verliebt zu sein. Er hätte sich nicht dauernd vor aller Welt rechtfertigen müssen, bevor er wieder seinen Frieden fand. Ich habe ihn in dieser Zeit ehrlich gesagt keinen Moment beneidet.

Böse war ich ihm nur wegen der Spuren, die die Zeit unweigerlich überall an meinem Körper hinterlassen hat. Er kann nichts dafür, aber ich finde es einfach ungerecht, dass die Zeit für Männer, also auch für ihn, nur Vorteile bringt, jedenfalls nach heutigem Geschmack. Schauspieler um die fünfzig sehen blendend aus; doch wenn Monica Bellucci sich aufführt wie ein Bond-Girl, lachen sich alle schlapp. Wegen dieser Ungerechtigkeit habe ich ihn verabscheut, ihn und seine Tussi, dafür, dass er in der Lage war, ganz bei null anzufangen in einem Alter, in dem mein Fortpflanzungssystem sein Ende ankündigte. Ich war so verbittert, dass ich mich selbst zu hassen begann, mit Leib und Seele. Hätte Jacques keine Argumente für die Trennung gehabt, ich hätte sie ihm haufenweise liefern können.

Aber ich habe am Ende doch überlebt wie jene Frauen auf der Tanzfläche, die sangen *I will survive.*

KAPITEL 2

*in dem ich langsam untergehe,
hinabgezogen durch mein
eigenes Gewicht.*

»Ich habe mich in eine andere Frau verliebt.«

Mir stieg alles Blut in den Kopf. Ich fühlte, wie meine Augen in den Augenhöhlen vibrierten, nur wenige Milliliter mehr, und sie würden herausspringen. Ich fand diese Worte so unsinnig, dass ich mich Richtung Fernseher wendete in der Hoffnung, dass die Worte in Wirklichkeit von dort kamen. Aber die beiden Prominenten, die gerade versuchten, ein Hähnchen mit Schinken zu füllen, lachten aus vollem Hals. Über verlorene Liebe sprachen sie nicht.

»Diane ... ich wollte es nicht ... es liegt nicht an dir, aber ...«

Dann überschüttete er mich mit einer unerträglichen Flut von Klischees. Er war nervös, aufgeregt, als wolle er es schnell hinter sich bringen. Ich verstand nicht viel, nur ein paar Worte, die wehtaten, »Langeweile«, »Öde«, »Lust«, und dass er sich schon seit Langem über uns beide Gedanken gemacht habe.

Charlotte war gerade ausgezogen, und ich hatte noch keine Zeit gehabt, mich wieder an ein Leben ohne Kinder zu gewöhnen, mich selbst ohne Kinder zu definieren. Ich hätte mich darum bemühen müssen, ich weiß, aber als ich darauf kam, war es schon zu spät.

»Diane, ich gehe.«

Jacques ist noch am selben Abend gegangen, er wollte mir Zeit lassen, mich zu beruhigen und über alles nachzudenken. Fünfundzwanzig Jahre Ehe mit wenigen Worten wie weggeblasen. Er dachte, es würde mich am Nachdenken hindern, wenn er bliebe. Er wollte mir Raum geben, um mit dieser Nachricht umzugehen, die, das gab er gerne zu, alles andere als angenehm war. Seine faden, farblosen Worte zerbröselten sofort, mir war speiübel.

Seufzend stand er auf, vom Reden erschöpft. Er wollte mir nicht sagen, wohin er ging. Aber es war ja nicht schwer zu erraten. Die andere wartete sicher irgendwo auf ihn, um mit ihm den Beginn eines neuen Lebens zu feiern, die ersten Nägel meiner Kreuzigung einzuschlagen.

»Wie alt?«

»Was?«

»Wie alt ist sie?«

»Diane, es geht hier nicht um Alter.«

»ICH WILL WISSEN, WIE ALT SIE IST, VERDAMMT NOCH MAL!«

Er sah mich an wie ein geprügelter Hund, als wollte er sagen: Ja, Diane, ihr Alter, eigentlich ein bisschen peinlich, aber die Sache ist so schrecklich banal.

»Es ist nicht, was du denkst ...«

Als der Mann meiner Freundin Claudine sie wegen

einer seiner Studentinnen verließ, da war es auch anders, als sie gedacht hatte.

»Sie ist einfach brillant und hat alle Werke von Heidegger gelesen.«

Der arme Philippe konnte also nichts dafür, Heidegger hatte seine ganze philosophische Weisheit in das Gehirn einer seiner Studentinnen ejakuliert, und das hatte sie unwiderstehlich gemacht. Wen interessierte schon Heidegger? Claudine war der Typ so egal, dass sie eine ganze Sammlung seiner Bücher aus dem Regal nahm, um den Kamin damit anzuzünden oder Katzenstreu daraus zu machen. Sie stellte sich das von Heideggers Existenzialismus überflutete Hirn vor – scheußlich. Man tut, was man kann, um sich besser zu fühlen.

Ich blieb allein im dunklen Wohnzimmer sitzen und starrte auf den Fernseher, den Jacques in der Zwischenzeit ausgestellt hatte. Ich sah mein Spiegelbild, reglos und wie zu Eis erstarrt. Ich war so voller Scham und Schmerz, dass ich mich nicht rühren konnte. Wenn ich noch länger dort sitzen bliebe, würde ich mich in nichts auflösen, ich wollte niemandes Glück im Weg stehen. Ich war doch nur eine langweilige Ehefrau.

Die Sonne ging an derselben Stelle auf wie immer. Unglaublich. Offenbar ließen sich die Sterne vom Weltuntergang nicht beeindrucken. Alles schien weiterzugehen wie bisher, obwohl ich am liebsten auf der Stelle gestorben wäre. Vorsichtig stand ich auf, begann meine leblosen Beine wieder zu bewegen. Sie sollten mich ja noch eine Weile tragen. Als Erstes würde ich das Sofa wegwerfen, das ich in meiner Erstarrung vollgepinkelt hatte.

Ich stellte mich komplett angezogen unter die Dusche. Am liebsten hätte ich alles, was mich bedrückte, abgelegt wie Kleider. In das Duschbecken rannen die Farbe meines neuen Kostüms, meine Mascara, meine Spucke und meine Tränen. Der eigentliche Schmutz aber verschwand nicht.

Draußen warf ich alle Kissen auf den frisch gemähten Rasen. Dann ging ich in den Keller und holte einen Vorschlaghammer. Mit der letzten mir verbliebenen Energie zertrümmerte ich das Sofa und schlug dabei versehentlich ein großes Loch in die Wand. Es fühlte sich gut an. Wäre ich nicht so müde gewesen, hätte ich das ganze Haus zu Staub verwandelt.

Zwei Tage später rief mich Jacques an, um zu fragen, ob es mir besser ginge, und mich zu bitten, ob wir nicht aus Respekt vor unseren Lieben noch eine Weile so tun sollten, als sei alles in Ordnung. Wir sollten die Kinder, die Kollegen, die Familien besser langsam auf alles vorbereiten. Wir hätten ja bald silberne Hochzeit und sollten die Feiern nicht einfach absagen – »Ich weiß. Ich hätte eher daran denken sollen« – und diesen Abend gemeinsam verbringen, in angenehmer Atmosphäre, denn das »erwarten alle, und sie haben es verdient«.

Ich kam mir vor wie die Frauen in Indien, die am Abend ihrer Hochzeit vom Feiern ausgeschlossen sind und sich zurückziehen, um den Segen für ein Glück zu erhalten, von dem sie bereits ferngehalten werden. Ich habe nie verstanden, warum ich anderen Menschen etwas schuldig sein sollte.

»Denkst du mal darüber nach und sagst mir dann Bescheid?«

»Hm, hm.«

Ich habe sein »Denk mal darüber nach« nie besonders gemocht.

Doch ich folgte seiner Anweisung und dachte nach.

Ich entschied mich für eine einfache, zeitgemäße Lösung: Ich legte ein Facebook-Profil an (dabei hat mir mein Sohn Antoine am Telefon geholfen). Dann schickte ich stundenlang jede Menge Freundschaftsanfragen los, und zwar überallhin. Ich fing bei meinen Schwiegereltern an. Dann kam meine Schwägerin an die Reihe, entfernte Cousins, unsere Kollegen, Freunde, Nachbarn, Bekannte, Feinde und so weiter. Sobald jemand meine Freundschaft annahm, habe ich mir dessen Freundesliste angeschaut, um sicher zu sein, dass ich auch niemanden vergessen hatte. Von allen Seiten gab es Kommentare über mein spätes, aber längst fälliges, wenn auch plötzliches Auftauchen in den sozialen Netzwerken. Ich antwortete immer mit »Likes«, egal, was die Leute schrieben, zeigten oder kommentierten. Selbst bei denen, die Wert darauf legten zu erzählen, dass sie Tetris gespielt hatten oder welchen Tee sie gerade tranken. Ich beantwortete alles mit einer Begeisterung, die so echt war, wie eine Kunstpflanze lebendig ist.

Am selben Abend schon hatte ich hundertneunundzwanzig neue Freunde und wartete noch auf hundert Antworten. Dann verfasste ich meinen ersten Facebook-Status. Beim ersten Mal muss es unvergesslich sein und voll reinhauen.

DIANE DELAUNAIS. 20:00 Uhr

Facebook, du weißt ja immer alles; kannst du mir sagen, ob ich die Feier zu meiner silbernen Hochzeit absagen soll, weil Jacques (mein Ehemann) mir angekündigt hat, dass er mich wegen einer anderen verlässt? Ziel: 300 Likes *bis morgen. Bitte weiterleiten. Und guckt jetzt andere #epicfails von Leuten, die so kläglich scheitern wie ich.*

Danach schaltete ich meinen Rechner aus, auch mein Smartphone, das Licht, den Fernseher. Ich verriegelte sämtliche Türen (mit Ketten und Sicherheitsschloss). Dann nahm ich ein paar Schlaftabletten und legte mich in Embryohaltung ins Gästebett. Es ging mir viel zu schlecht, als dass ich mich über irgendetwas hätte freuen können. Ich wollte, dass die nächsten Tage ohne mich vergingen. Ich wollte, dass die Leute sich gegenseitig anriefen, sich Vorwürfe machten, sich trösteten, ihn verurteilten, mich bedauerten, uns verdammten, aufschrien, erschraken, die ganze Sache analysierten und kommentierten, aber ich wollte nichts davon mitbekommen. Ich wollte ihr Unbehagen nicht erleben, mir nicht Dinge wie »Gott, wir hatten ja keine Ahnung« anhören, wollte ihre ausweichenden Blicke nicht sehen, ihre erschrockenen Gesichter oder wie sie vor Überraschung oder Entsetzen (oder in voller Zufriedenheit, man weiß es ja nie) die Hände über dem Kopf zusammenschlugen. Niemand sollte mir anmerken, wie sehr ich mich bemühte zu verbergen, dass ich am liebsten sterben würde. Ich hatte so oft gesehen, wie Leute im

Büro oder anderswo wie Zombies umherwankten, die Arme voller Akten, und so taten, als sei alles in Ordnung. Ich nahm mir unbezahlten Urlaub, der mich so viel kostete wie ein Empfang zu einer silbernen Hochzeit, und würde erst wieder arbeiten, wenn ich dazu in der Lage war. So etwas kann man sich mit achtundvierzig Jahren leisten, wenn man genug Überstunden und einiges auf dem Konto hat. Ich hatte meine Nachricht verbreitet, wie man hungrigen Hunden ein saftiges Knochengerüst mit viel Fleisch vorwirft. Ich wollte erst wieder auftauchen, wenn nichts mehr übrig war als ein paar weiße Knochen, die ich auflesen konnte, ohne dass mir dabei übel wurde.

Ich hätte mir gewünscht, dass die Mühe, die ich mir gemacht hatte, um eine solche Bombe zu zünden, meinen Schmerz lindern würde. Aber er wurde dadurch letztlich nur schlimmer. Ich wurde nun mit allem konfrontiert, das mit unserer Beziehung zusammenhing. Ich hatte immer gedacht, dass körperliche Schmerzen die schlimmsten waren; aber ich hätte gern mehrere Geburten ohne Rückenmarksanästhesie gegen dieses Debakel eingetauscht. Und ich weiß, wovon ich spreche.

In den folgenden Wochen wollte ich niemanden außer meine Kinder sehen. Auch sie litten natürlich. Alle anderen hämmerten gegen meine Haustür und schickten Mails und Sprachnachrichten auf allen Kanälen. Ich löschte sie alle, ohne sie zu lesen oder anzuhören. Ich löschte auch mein Facebook-Profil wieder, ohne die vierhundertzweiundsiebzig Kommentare zu lesen, die sich dort angesammelt hatten. Tagelang, nächtelang starrte ich an die Decke und tat nur eins, ich dachte darüber nach, wie es so weit hatte kommen können. Irgendwann schlief ich erschöpft ein, doch dann wachte ich in einem noch schlimmeren Zustand wieder auf. Mir wurde klar, dass ich amputiert worden war. Der Schmerz ließ nicht nach, die Wunden heilten nicht. Die Luft erreichte meine Lunge nicht mehr. Meine Existenz war in tausend Stücke zersprungen, ich steckte tief in der Krise und war völlig wehrlos.

In höchster Not fand ich dann doch die Kraft, mich langsam wieder aufzurappeln. *The show must go on*, wie es in dem Lied so schön heißt. In der Pubertät hatte ich es oft lauthals gesungen, jetzt erlebte ich es.

Nach und nach schaffte ich es wieder, Leute zu treffen, die mir wichtig waren. Ich musste mir allerdings eine endlose Reihe abgedroschener, mit größter Vorsicht vorgetragener Weisheiten anhören, wie Gebete, die seit Jahrhunderten heruntergeleiert werden. Ich ließ die gut gemeinten Ratschläge über mich ergehen, wie man nach einer Magenverstimmung eine salzige Brühe trinkt. Sie konnten mich nicht heilen, aber ein kleines bisschen vor mir selbst schützen.

Die silberne Hochzeit wurde nicht mit allem Drum und Dran auf einem Schloss gefeiert. Keine schönen Reden über beständige Liebe und Treue, keine neuen guten Wünsche, keine alte Tante mit einer Turmfrisur, keine betrunkenen Onkels, die gern die Hände nach einem ausstreckten. Und auch keine Frauen auf der Tanzfläche, die überlebt hatten.

Mit dem Geld, das ich für Verlobungsring und Ehering bekam, kaufte ich mir ohne die geringste Scham ein Paar superschöne, sündhaft teure italienische Stiefel, damit meine Füße eine Weile alles andere in den Schatten stellten. Die Jugendeinrichtung, der ich den Rest des Geldes gespendet habe, hat sich davon einen Tischfußball und eine Tischtennisplatte gekauft. Der Gedanke, dass Jugendliche mit Bällen auf den Resten meiner Ehe kicken würden, tat mir gut.

KAPITEL 3

in dem Claudine erfolglos versucht, mir zu helfen.

Meine Freundin Claudine hat mir, wie man es bei solchen Gelegenheiten immer tut, geraten, mich an die guten Seiten der Trennung zu halten. Nach dem Motto *Kein Unglück so groß, es hat ein Glück im Schoß.* Sie war klug genug, ein paar Monate zu warten, bevor sie mir die Rettungsleine zuwarf, sie hatte es nämlich selbst erlebt und wusste: Die Wut in der ersten Zeit ist so groß, dass sie alles wegspült, auch das Denkvermögen.

»Überleg mal, du brauchst seine dreckige Wäsche nicht mehr aufzuheben und seine müffelnden Socken nicht mehr zu waschen.«

»Jacques hat das alles selber gemacht.«

»Jetzt hast du das Bett für dich allein.«

»Das hasse ich. Lieber schlafe ich im Gästebett.«

»Und das Haus! Du kannst das Riesenhaus verkaufen und dir eine schöne Wohnung in der Stadt kaufen, in der Nähe der schönen kleinen Cafés, du musst dich um nichts mehr kümmern.«

»In dem Haus sind meine Kinder aufgewachsen, ihre ganze Kindheit steckt darin, sie haben dort noch ihre Zimmer.«

»Aber sie sind doch keine Kinder mehr.«

»Charlotte wollte im Sommer kommen.«

»Na und? Kauf dir eine Wohnung mit einem Gästezimmer, das reicht doch völlig.«

»Und was ist, wenn mich meine Enkelkinder besuchen kommen?«

»Du hast doch gar keine!«

»Bisher noch nicht, aber Antoine und seine blonde Freundin reden schon davon.«

»Antoine? Der kann sich ja nicht mal um sich selber kümmern.«

»Er ist nur ein bisschen unordentlich.«

»Nimm eine Wohnung mit Schwimmbad, dann besuchen sie dich ganz oft und abends hauen sie wieder ab.«

»Ich bin noch nicht so weit.«

»Dann ist da noch seine Familie. Deine Schwägerin, die verwöhnte Prinzessin mit ihren Gören, die hast du doch immer gehasst?«

»Ach, das habe ich dir noch gar nicht erzählt. Ich habe sie zum Teufel geschickt.«

»Tatsächlich?«

»Ja, ein paar Wochen nachdem Jacques weg war.«

Eines Abends, als alle durcheinanderredeten, hatte sich Jacques' Schwester beschwert, sie hätte kein richtiges Leben mehr, nie könne sie sich ausruhen, habe keine Minute Zeit für sich wie all die anderen. Da hatte Jacques zu ihr gesagt, wir könnten ihr ja helfen und so könnte sie sich ab und zu eine Pause gönnen, wenn wir auf ihre Kinder aufpassten. Ich weiß noch, dass es mir einen Stich versetzte, als ich diesen Vorschlag hörte.

Jacinthe, so heißt sie, war mit Anfang vierzig Mutter geworden – sie fand, es sei Verschwendung, sich vorher seine Jugend zu verderben, indem man sich um Kinder kümmert –, und jetzt hatte sie zwei junge Monster, die alles durften, vor nichts Respekt hatten, nicht vor Dingen, nicht vor Personen. Immer hatten sie alles sofort bekommen und sahen nicht ein, warum sie zu anderen nett und höflich sein sollten. Sie waren wie kleine Götter, für die es keinerlei Vorschriften gab und die machen konnten, was sie wollten, ohne dass es Folgen hatte. Jacinthe war sofort einverstanden. Am folgenden Mittwoch kam sie mit einer großen Tasche, da war alles drin, was die Kleinen an diesem Abend brauchten. Sie ging zum Yoga und dann mit ihren Freundinnen in ein Restaurant, das gerade angesagt war.

Niemand erneuerte das Angebot, trotzdem kam sie jeden Mittwochabend, egal, ob sie zum Yoga ging, zum Crossfit oder was auch immer. Der liebe Jacques hielt es nicht für nötig, ihr zu sagen, es sei nicht gerade höflich, sein Angebot, ihr hin und wieder zu helfen, auszunutzen und zu einer festen Einrichtung zu machen, jeden Mittwochabend. Zwei- oder dreimal waren wir dem entgangen, weil ich Jacques zwang, mich um halb fünf im Restaurant zu treffen. Dass ich niemals, als unsere Kinder klein waren, verlangt habe, irgendwelchen Ausgleichssport zu machen, hatte er wohl völlig vergessen, als er mir voller Überzeugung sagte:

»Sie braucht mal eine Pause, das ist nicht einfach mit zwei kleinen Kindern, außerdem ist Georges fast nie zu Hause.« Wenn der großartige Georges da war, hatte er leider nie Zeit, sich um seine Kinder zu kümmern. Fast zwei Jahre lang habe ich mich an Jacques' Verpflichtung gehalten. Zum einen, weil ich nicht wusste, wie ich mich dem entziehen könnte, außerdem weil ich diese beiden Kinder ein bisschen erziehen wollte. Da Jacinthe eine der Ersten gewesen war, die meine Facebook-Bombe gelesen hatten, war sie klug genug, nicht gleich am ersten Mittwoch darauf bei mir aufzutauchen. Auch hatte ihre Mutter sie sicher davor gewarnt, im Namen des Halbgottes, der mich geheiratet hatte, ihre Kinder einer Hysterikerin zu überlassen, die Familientreffen boykottierte. Die Großeltern passten nie auf die Kinder auf, sie hatten nicht mehr die Kraft, hinter ihnen herzulaufen und sie daran zu hindern, an den Gardinen hochzuklettern. In den nächsten Wochen erschien Jacinthe bei mir jedoch zur gewohnten Stunde. Wie es mir ging, schien ihr herzlich egal, sie kam kurz vor dem Abendessen, wie immer mit der großen Tasche. Mehrmals läutete sie Sturm und war überglücklich, als ich die Tür öffnete.

»Oh Gott, ich hatte schon Angst, du bist nicht da! Gott sei Dank! Kinder, hört auf, überall herumzulaufen, kommt her, Tante Diane ist da!«

»Ja, aber Tante Diane ist nicht in der Stimmung, auf Kinder aufzupassen. So wie ich gerade drauf bin, massakrier ich sie am Ende noch.«

»Aber es geht dir doch sicher schon besser?«

»Nein, das kann man nicht sagen.«

»Du siehst aber gut aus.«

»Das täuscht.«

»Okay, ich verstehe. Pass auf: Ich gehe in meinen Kurs, dann esse ich mit den Freundinnen, nur eine Vorspeise, dann komme ich gleich. Ich bleibe nicht den ganzen Abend weg.«

»Nein, heute nicht, Jacinthe, tut mir leid. Ich kann es einfach nicht. Du hättest vorher anrufen sollen.«

»Ich hab es x-mal versucht, du bist nicht drangegangen!«

»Ich möchte mit niemandem reden und auch keinen Besuch empfangen.«

»Also das, das ist ja wirklich blöde, ich hatte mich schon so gefreut, mal einen Abend für mich zu haben. Manchmal frage ich mich, warum ich nicht völlig durchdrehe. Ich renne herum von früh bis spät, und Georges ist nie zu Hause ...«

»Ja, das verstehe ich, ich habe das ja auch erlebt, ich habe schließlich drei Kinder. Aber ich hatte keine Tante, die jede Woche auf sie aufgepasst hat. Mir hat nie jemand seine Hilfe angeboten ...«

»Ich finde es wirklich bescheuert, dass meine Kinder jetzt für eure Trennung bezahlen sollen. Und meine Freundinnen auch, das ist nämlich auch ihr Highlight der Woche.«

»Geh zu deinem Bruder. Er ist noch am Leben.«

Sie schnitt eine Grimasse und sah plötzlich aus wie ihre Mutter.

»Dann verpasse ich den Kurs schon wieder! Hätte ich das nur gewusst, dann hätte ich mich nicht so beeilt und sie nicht so früh abgeholt. Super! Was mache ich denn jetzt zum Abendessen? Los, Kinder, wir gehen, Tante Diane geht's nicht gut!«

»Ich wünsche dir, dass du jemanden findest, der zuverlässig ist und auf sie aufpassen kann.«

»Jemand, der zuverlässig ist ...«

»Ja, genau, ich glaube, ich habe dir oft genug geholfen.«

»Meinst du das ernst? Wirfst du uns jetzt auch noch raus? Ich bin es verdammt leid! Ihr beiden trennt euch, das Leben hört auf, alles ist zu Ende, sollen die anderen doch sehen, wie sie klarkommen!«

»Ich bin es auch leid, wenn ich sehe, wie du hier einfach ankommst, jede Woche, DEINE Kinder ablieferst, auf die DEIN Bruder aufpassen wollte, NICHT ICH, und zwei Jahre lang habe ICH praktisch jede Woche auf sie aufgepasst. ZWEI JAHRE!«

»Und ich habe die ganze Zeit gedacht, das macht dir Spaß, auf sie aufzupassen.«

»Ja, ich fand es schön, aber es wäre noch schöner gewesen, wenn ich sie nur AB UND ZU bei mir gehabt hätte, so wie wir es dir angeboten hatten.«

»Was ist schon ein Abend in der Woche?«

»Ein Abend in der Woche ist mir genauso viel wert wie dir.«

»Deine Kinder sind ja aus dem Haus.«

»So ist es auch bei deinem Bruder, seine Kinder sind auch aus dem Haus. Nur dass ich ganz allein bin und er jetzt Unterstützung hat.«

»Na schön, vergiss es, ich fahre nach Hause, dann gehe ich eben nicht in den Kurs, dabei bin ich völlig am Ende, ist ja nicht weiter schlimm, Madame will ihre Abende für sich haben ...«

»So, jetzt reicht's mir aber! Nicht dir geht es schlecht, sondern mir! Ich gehe niemandem auf die Nerven, ich werde hier mies behandelt, von deinem Bruder, von dir, von so einigen Leuten, verdammt noch mal! Mach es wie andere, besorg dir einen Babysitter. Hast du je auf meine Kinder aufgepasst, als du alle Abende frei hattest? Nein, niemals, kein einziges Mal. Was hast du an deinen Abenden gemacht, du egoistische Schlampe?«

»Ich hätte vor den Kindern nicht so fluchen dürfen.«

»Gott, wie gern wäre ich dabei gewesen …«

»Warte. Während sie die Tür zuschlug, hörte ich sie murmeln: ›Mein armer Bruder, ich kann ihn wirklich verstehen …‹, irgendwas in der Art. Da kam es mir fast hoch.«

»Wirklich eine verfluchte Hexe!«

»Dann habe ich die Tür aufgemacht und gerufen: ›He, und du bist zu dick und zu alt, um Leggins zu tragen! Die sind viel zu eng für dich!‹«

»Trug sie wirklich Leggins?«

»Ja, mit Mustern drauf.«

»Hast du dich danach besser gefühlt?«

»Leider nicht. Ich habe mich hinter der Tür zu Boden geworfen und den ganzen Abend laut geheult.«

»Das sind die Nerven.«

»Die beiden Kids werden mir fehlen.«

»Okay, das ist wirklich nicht gut, wir müssen etwas anderes für dich finden.«

Claudines Bemühungen führten zu nichts. Dass Jacques nicht mehr da war, merkte ich auf Schritt und Tritt. Er hatte sich um die Mülleimer gekümmert, um Recycling und Kompost, er kochte oft – sogar besser als ich –, er bezahlte die Rechnungen, vergaß nie wichtige Verabredungen, kam nie zu spät, pinkelte im Sitzen, mochte gern Wein, gutes Essen, meine Freundinnen und kaufte samstagmorgens immer Muffins mit Körnern und Nüssen. Von wenigen Härchen hier und da abgesehen, hatte ich keinen Grund, mich im Haushalt über seine Abwesenheit zu freuen.

Vermutlich war die andere jetzt gerade dabei, zu entdecken, dass ihr Liebhaber ein auf vielen Gebieten sehr brauchbarer Lebensgefährte war. Sie würde ihn wohl so schnell nicht mehr gehen lassen. Das ist das Problem: Wenn man sich seinen Ehemann zu sorgfältig aussucht, fällt es einem später schwer, ihn zu teilen.

»Du hattest doch bestimmt genug von den immer gleichen alten Geschichten, die er erzählte, und das zwanzig Jahre lang.«

»Nein, er konnte wunderschön erzählen.«

»Aber er war nie gut angezogen.«

»Das stimmt nicht.«

»Schnarchte er?«

»Nein.«

»Roch er manchmal streng?«

»Nein.«

»Auch nicht nach dem Sport?«

»Nicht mal dann.«

»War er unordentlich?«

»Weniger als ich.«

»Hörte er dir nie zu und tat nur so, als interessierte ihn, was du redest?«

»Nein.«

»Samstags wusch er sicherlich sein Auto vor der Garage.«

»Er hat es nie selbst gewaschen.«

»Er trug in Sandalen Strümpfe.«

»Niemals.«

»Und war er immer geduldig?«

»Als hätte er alle Zeit der Welt.«

Als wir alles durchhatten, hatte ich das Gefühl, über einem tiefen Abgrund zu schweben.

Alle Fehler, die er nicht hatte, erinnerten mich an meine eigenen, und so hatte ich den Eindruck, in all den Jahren dem Mann, der mich vielleicht eher aus Mitleid denn aus Liebe geheiratet hatte, nie gerecht geworden zu sein.

»Jetzt übertreibst du aber wirklich. Du bist gerade in der Phase, in dem du deinen Ex besser machst, als er ist, als wäre er Gott, dabei geht es dir seinetwegen so beschissen. Das ist normal, das geht schon von selbst vorüber. Aber so großartig war er ganz sicher nicht. Wenn du in die Ablösungsphase kommst, wirst du das merken. Bis dahin finden wir schon etwas.«

»Das hat doch keinen Zweck.«

»Aber dadurch kriegst du die Zeit besser rum. Du wirst schon sehen, aber du darfst dich nicht unter Druck setzen. Dein Bild von ihm wird sich nicht so radikal verändern, dass er gleich zum Arschloch wird.«

»Für mich wird er nie ein Arschloch sein.«

»Dann musst du eben mit harten Bandagen rangehen.«

»Was meinst du damit?«

»Dass es ein Mittel gibt, die Dinge umzukehren.«

»Unsinn.«

»Aber das ist leider nicht deine Art. Ich kenne viele Leute, die es gemacht haben, aber du kannst das nicht, das ist ja ehrenwert, aber ich bin sicher, dass es dir helfen würde …«

»Was genau meinst du?«

»Vielleicht war Jacques gar kein so netter Mann.«

»Nein, er ist ein Mensch wie alle anderen, aber zu mir war er immer der perfekte Gentleman.«

»Wie kann man nur so blöd sein! Er hat dich betrogen, er hat dich hintergangen, und dann hat er dir noch gesagt, dass du langweilig bist.«

Ich hatte gedacht, dass die Wörter sich abschleifen, je öfter man sie benutzt, dass sie dadurch würden wie kleine Seifenstücke, die einem aus der Hand flutschen; dabei hatten sie eine zerstörerische Kraft angenommen und überfluteten mich. Langweilig, wie furchtbar.

»Das ist unfair, sag das nicht, es ist wirklich unfair. Du bist eine …«

»Eine was? Nun sag's schon! Dann hasse eben mich! Ich tue das gerne für dich. Hasse mich, du musst jemanden hassen. Dein Jacques kommt nicht wieder, es ist vorbei, meine Liebe! Er ist mit einem dreißigjährigen Playmate abgehauen!«

»Das sagst du nur, weil dir dein Philippe so übel mitgespielt hat und nie zu dir zurückgekommen ist.«

»Dein toller Jacques kommt auch nicht wieder, du kannst das nur nicht zugeben, meine Liebe, fang was Neues an, es geht jetzt schon Monate so, er ist ein Arsch wie alle anderen auch, er wollte Frischfleisch wie sie alle.«

»Er hat nur eine schlechte Phase, das geht vorbei, es geht ihm im Moment nur um Sex, aber irgendwann …«

»NEIN! Er ist weg und lebt mit der anderen, er ist nicht mehr da, Diane, kapier das endlich!«

»Aber wir sind doch verheiratet ...«

Sie trat zwei Schritte zurück, als hätte ich ihr gerade erklärt, dass ich Ebola habe.

»Eins sage ich dir ein für alle Mal: Hör damit auf, sonst lachen alle über dich.«

»Wer denn und warum?«

»Wenn du von deiner Trennung redest, sprichst du immer von Ehe.«

»Aber verheiratet zu sein, bedeutet doch schließlich etwas.«

»Nein, Diane, es bedeutet nichts. Wenn einer den anderen nicht mehr liebt, ist die Liebe weg, ob man nun verheiratet ist oder nicht. Die Ehe hat keine Zauberkraft, sie schützt vor gar nichts.«

»Aber verheiratete Paare sind stärker, sie halten länger zusammen, das sagt auch die Statistik.«

»Aber von Liebe redet die Statistik nie.«

»Du bist wirklich zynisch, Claudine, das ist ganz schön traurig.«

»Und du hast keine Ahnung, was los ist, du bist abgemeldet, du kannst einem leidtun.«

Wenn man heute Mutter ist, in einer Zeit, in der die Technologie alles bestimmt und ständig unser Leben verändert, dann kriegt man das Wort »abgemeldet« dauernd zu hören, und deshalb hat es kaum noch eine Bedeutung. Es wirkt wie ein Schlag ins Wasser.

Mühsam schleppte ich, die abgemeldete, langweilige, verheiratete Frau, mich in das Restaurant, in dem Charlotte auf mich wartete, meine liebe Tochter, die

Tierärztin werden will. Sie ist brillant, aber das hat sie nicht von mir. Seit ihr Vater weggegangen ist, besucht sie mich öfter. Sie ist ein guter Mensch und würde gern die Welt retten. Ich nehme an, sie möchte Tierärztin werden, weil Tiere sich gerne helfen lassen. Wenn man sie liebt und ein bisschen pflegt, hängen sie an einem, so wie verletzliche Menschen sich an Gurus klammern, mit dem Unterschied, dass man ihnen nicht mehr entlocken kann als Zuneigung.

Entgegen meiner Gewohnheit habe ich den freundlichen Kellner, der eilig an den Tisch kam, um mir einen Aperitif zu bringen, gebeten, mir ein schönes großes Glas Weißwein zu servieren. Ich musste meinen Körper in Form bringen, um wie eine Mutter zu wirken, die sich nicht unterkriegen lässt.

»Hallo, Mama!«

»Hallo, meine Süße! Wie laufen die Prüfungen?«

»Sie haben noch nicht angefangen.«

»Natürlich, Entschuldigung, ich bin etwas durcheinander. Wie geht es dir?«

»Super.«

»Hast du mit deinem Vater gesprochen?«

»Ja.«

»Wann?«

»Ich glaube vorgestern.«

»Geht es ihm gut?«

»Ja, ich glaube schon.«

»Na, dann ist ja alles okay.«

Ich hatte mir genau überlegt, wie ich mich verhalten würde, wenn ich die Kinder sah: über Arbeit und Studium reden, über Jacques, die Liebe, ihre Projekte. So vergaß ich nichts und erweckte den Eindruck, dass sie mit mir über alles reden konnten, ohne sich dabei unwohl fühlen zu müssen. Sogar über ihn. In der ersten Zeit hatte ich es mir sogar auf die Hand geschrieben.

»Ich war kurz zu Hause, bevor ich hergekommen bin, und hab gesehen, dass du auch dein Bett kaputt gemacht hast.«

»Ich habe es auseinandergenommen, um es wegzuschaffen. Es passt sonst nicht durch die Tür.«

»Wir hätten es auseinanderschrauben können.«

»Das ist viel zu kompliziert. Mit der Axt geht es schneller.«

»Hast du dir ein neues Bett bestellt?«

»Nein, noch nicht.«

Irgendwo in meinem Kopf war noch immer die Idee, ich sollte erst mit Jacques reden, bevor ich mir ein neues aussuchte.

»Warum wolltest du es so schnell loswerden?«

»...«

»Ich dachte, wir könnten ein bisschen einkaufen gehen.«

»Brauchst du etwas?«

»Nein, nur ein bisschen durch die Läden ziehen, aber wie du möchtest.«

»Okay.«

»Es tut einem gut, sich etwas zu kaufen, wenn es einem nicht so gut geht.«

»Geht's dir denn nicht so gut?«

»Mama ...«

»Ich hab eine Idee. Ich nehme mir heute Nachmittag frei. Hast du Zeit?«

Die junge Frau, die mir die Jeans zeigte, trug selbst welche, die viel zu eng waren. Von ihren ursprünglich zwei Pobacken, die sie früher gehabt haben musste, war nur eine geblieben, eingezwängt durch eine Naht, die die weichen Rundungen kaum zusammenhalten konnte. Reine Beobachtung, völlig wertfrei.

Sie wollte, dass ich Skinny Jeans probierte, die so eng waren wie Leggins. Der Intimbereich zeichnete sich zwar nicht genauso ab wie bei richtigen Leggins, aber man hatte trotzdem keine gute Figur darin. Charlotte stand hinter der Verkäuferin und gab mir Zeichen, wenn ihr etwas nicht gefiel. Ich hatte immer noch die Jeans aus der Levi's-Werbung der 80er-Jahre im Kopf, die sexy waren, aber zugleich bequem. Ja, ich war vielleicht nicht ganz auf dem neuesten Stand.

Im Spiegel der Umkleidekabine erschien mir mein Körper vor meinem von zwei Gläsern Weißwein leicht vernebelten Blick ziemlich unschön. Obwohl ich in den letzten Wochen abgenommen hatte, kamen mir meine Beine rund, schwer und viel zu wabbelig vor. Wie konnten sie meinen Körper überhaupt tragen? Über meinem ebenso wabbeligen Bauch hing mein Plisseehemd. Meine Brust war viel zu klein, um aufzufallen oder Lust zu erregen, und lag brav unter dem Stoff verborgen. Mein gesamtes Aussehen zeigte mir nichts anderes als eine wirklich langweilige Frau; meine glanzlosen Haare, die Ringe unter den Augen, meine beigefarbenen Klamotten, mein blasser Teint. Kein Wunder, dass ein Mann wie Jacques seinen Gefallen an mir verloren hatte, jede Zelle meines Körpers strahlte Langeweile aus.

Plötzlich fiel ich zu Boden, in den Schmutz all derer,

die vor mir hier drin gewesen waren. Ich konnte nicht mehr aufstehen. Der Schmerz hielt mich am Boden fest, als wäre alles plötzlich dreimal so schlimm. Ich sah die Füße der Leute unter der Tür, die ganz normal weiterlebten, und beneidete sie. Wenn ich schon im Leben nicht originell gewesen war, dann wenigstens im Tod. Ich hatte allerdings noch nie davon gehört, dass jemand an seiner Hässlichkeit gestorben und tot in einer Umkleidekabine gefunden worden war.

Als Charlotte merkte, dass ich nicht mehr herauskam und auch auf ihre Rufe nicht reagierte, kroch sie auf Händen und Füßen unter der Tür der Kabine zu mir durch, gab acht, dass sie sich dabei nicht den Rücken aufschrammte. Sie hockte sich neben mich, nahm mich in den Arm und sagte kein Wort. Meine kleine Charlotte, mein Baby. Obwohl sie nichts sagte, hörte ich Worte wie »Mama, du schaffst das schon, ich hab dich lieb«. Sie atmete kaum noch, als wollte auch sie verschwinden, sie steckte mit mir im Treibsand, ganz selbstlos. Es half mir dabei, mich wieder aufzurichten.

»Ist die Größe okay?«

»Ja, sehr gut!«

»Und die Skinny Jeans?«

»Die auch.«

Es überkam mich ebenso schnell, wie meine Niedergeschlagenheit gekommen war; ich lachte wie verrückt. Mein ganzer Körper lachte mit. Je mehr ich versuchte, mich zu bremsen, desto stärker wurde es. Charlotte ließ sich davon anstecken. Zwei Frauen, die sich umarmten, eine halb nackt, barfuß auf dem schmutzigen Boden einer Umkleide stehend.

»Weißt du noch, wie du dich immer, ohne es zu wollen, in öffentlichen Toiletten eingesperrt hast?«

»Oh ja!«

»Ich habe dir immer gesagt, du sollst nicht abschließen, aber du hast es trotzdem gemacht.«

»Ich erinnere mich, ich bekam die Tür einfach nicht mehr auf, warum bloß? Vielleicht weil ich nervös wurde.«

»Dann musste ich mich unter der Tür durchzwängen.«

»Oder du bist rübergeklettert, wenn unten kein Platz war.«

»Wirklich?«

»Ja, im *Château Laurier*. Du hattest einen Rock an und fandest das gar nicht witzig.«

»Ja, jetzt fällt's mir wieder ein.«

Erst nach einer Viertelstunde kamen wir wieder aus der Kabine raus, getrocknete Freudentränen im Gesicht und noch immer lachend wegen all der Geschichten von früher, die uns eingefallen waren. Die Verkäuferin sah uns so ernst an, dass wir schon dachten, Lachen wäre in diesem Laden verboten. Ich kann sie verstehen. Was gibt es auch zu lachen, wenn für Hungerlöhne in Bangladesch hergestellte Jeans über zweihundert Dollar kosten, gekauft von einer Schar reicher Leute ohne Gewissen. Auch dass ich mir selbst welche kaufte mit der Ausrede, keine andere Wahl zu haben, war nicht zum Lachen.

Claudine schickte mir, weil ich den ganzen Nachmittag über fort war, mehrere SMS. Sie wollte mir etwas sehr Wichtiges mitteilen, deshalb sollte ich sie zurückrufen.

»Es tut mir leid.«

»Mir auch.«

»Aber das ist nicht das Wichtige, das ich dir sagen wollte.«

»Nein, du wolltest mir sagen, was ich tun muss, damit Jacques zu einem Arschloch wird.«

»Nein, das ist es nicht.«

»Darf ich trotzdem wissen, wie das geht?«

»Ich glaube, das ist keine gute Idee.«

»Ich will es aber wissen.«

»Bist du sicher?«

»Ja.«

»Privatdetektiv.«

»Ein Privatdetektiv? Was soll der denn herausfinden? Dass mein Mann mit einer Schlampe durchgebrannt ist?«

»Ich sag ja, es ist keine gute Idee.«

»Aber das wolltest du mir doch vorschlagen.«

»Ja, weil es manchmal, wenn man sich besser fühlen will, hilft zu wissen, dass nicht immer alles so gelaufen ist, wie man gedacht hat.«

»Was willst du damit sagen?«

»Hm, ich hätte lieber nicht davon anfangen sollen.«

»Das hast du aber, und jetzt sag schon endlich, was los ist.«

»Du hältst Jacques für einen Heiligen, aber das ist er ganz bestimmt nicht.«

»Wieso nicht?«

»Die Statistik spricht gegen ihn.«

»Statistiken interessieren mich nicht.«

»Sollten sie aber vielleicht.«

»Jetzt sag's schon!«

»Wie lange hatte er was mit der schönen Charlène, bevor er es offiziell gemacht hat?«

»Jacques und ich haben mindestens zehnmal über die Sache geredet, und ich habe es dir auch immer wieder erzählt.«

»Er hat dir nur gesagt, was er sagen wollte.«

»Er ist mit ihr durchgebrannt, was ändert es, wenn ich mehr darüber weiß?«

»Vielleicht war er zwei Jahre mit ihr zusammen, bevor er sich entschloss, dich zu verlassen!«

»Natürlich nicht! Es war eine ganz neue Geschichte, relativ neu. Charlène war seit einem halben Jahr im Büro, als er sich an sie rangemacht hat.«

»Gut. Angenommen, mit ihr ging das noch nicht so lange, mich würde das zwar wundern, aber wie dem auch sei, könnte es nicht sein, dass vor ihr ...«

»Was?«

»Glaubst du wirklich, das sei seine erste Geschichte dieser Art?«

»...«

»Das mit dem Detektiv ändert nichts an der Sache, es soll dir nur helfen, ihn ätzend zu finden.«

»...«

»Diane?«

»...«

»Diane?«

»Ich denke drüber nach.«

»Nein, tu das nicht. Es hat keinen Zweck. Vergiss einfach, was ich gesagt habe.«

»Du weißt doch irgendwas, das ich nicht weiß.«

»Nein, ich schwöre es. Nur ist das, was du erlebst, so typisch. Dein toller Jacques, ganz plötzlich fängt er an … weißt du, ich habe es nie geschafft, alle Studentinnen zu zählen, die Philippe sich gekrallt hat.«

»Ich komme mir so blöd vor!«

»Das brauchst du nicht, vergiss das alles einfach.«

»Das musst gerade du mir sagen.«

»Ich wollte dir etwas ganz anderes sagen, etwas Positives. Eine super Idee, deshalb hatte ich doch angerufen. Es geht nicht um etwas, das du nicht mehr hast, sondern etwas, das du nie hattest und jetzt endlich haben kannst.«

»Hm.«

»Etwas, das du mit Jacques nicht machen konntest.«

»Ich wüsste nicht, was das sein sollte, außer mit anderen zu schlafen.«

»Du vergisst etwas Wichtiges, du hast so oft davon geredet.«

»Ich weiß nicht, was du meinst.«

»Erinnerst du dich nicht?«

»Nun sag schon!«

»Weißt du es wirklich nicht mehr?«

»*Okay*, nun spuck es schon aus.«

»Du kannst endlich jemanden auf den Mund küssen, einen richtigen French Kiss.«

»Was? Das soll alles sein? Das ist mir wirklich völlig egal.«

»Liebling, du kannst endlich richtig küssen! Das hast du fünfundzwanzig Jahre nicht gemacht. Wir oft hast du mir gesagt, dass es dir fehlt, dass du davon träumst und bedauerst, das Jacques es nicht will!«

»Aber das ist doch kein Projekt für ein neues Leben!«

»Ich will dir ja auch keinen Lebensplan unterbreiten, nur eine Idee, wie du dir was Gutes tun kannst. Du bist intelligent, du siehst super gut aus …«

»Versuch erst gar nicht, mir das einzureden, ich komme gerade vom Einkaufen.«

»Keiner findet sich in einer Umkleidekabine schön.«

»Ich bin mollig.«

»Das hindert dich nicht am Küssen. Fang an, etwas für deine Figur zu tun. Und so lange zieh eine Shaping-Strumpfhose an. Dann wird es super!«

»Hm.«

»Du bist wunderschön, Diane, ich hoffe, du zweifelst nicht daran. Du siehst verdammt gut aus. Wenn ich dich nicht so gernhätte, würde ich dich dafür hassen.«

»Jetzt übertreib mal nicht.«

»Nenn mir einen Mann, den du gerne richtig küssen würdest. Ohne lange nachzudenken, ganz spontan.«

»Das ist doch lächerlich, ich bin doch nicht mehr vierzehn!«

»Wenn man die fünfundzwanzig Jahre mit Jacques abzieht, kommt es fast hin.«

»Achtundzwanzig. Als wir geheiratet haben, waren wir schon drei Jahre zusammen.«

»Das ist ja noch schlimmer! Du brauchst dringend einen Rebound-Mann. Nun sag schon einen Namen.«

»Ich möchte überhaupt niemand küssen.«

»Los, sag einen Namen.«

»J. P.!«

»Was? J. P. aus der vierten Etage? Den Chef der Buchhaltung?«

»Ja, warum nicht?«

»Ich weiß nicht, das ist ziemlich hoch gegriffen. J. P. ist außerdem verheiratet, soviel ich weiß.«

»Du wolltest einen Namen hören.«

»Das ist sehr gut, ausgezeichnet! Wir merken uns J. P., das war deine erste Idee. Konzentrier dich darauf. Wir reden ja sowieso nur vom Küssen, von nichts mehr.«

»Super einfach.«

»Leichter, als du denkst. Viel leichter.«

»Dass du das sagst, beunruhigt mich.«

»Wenn du wüsstest, wie recht ich habe.«

»Ich möchte den Namen des Detektivs wissen.«

»Ich kenne auch eine gute Therapeutin.«

Charlotte hatte sich in ihre dicke Felldecke eingehüllt und sah auf ihrem Computer eine Folge einer amerikanischen Serie, die ich unbedingt sehen müsse. Das hatte sie mir in den letzten zwei Jahren schon mindestens dreißigmal gesagt. Aber ich kam bei *Six feet under* schon nicht mehr hinterher, sodass ich erst gar nicht damit anfing. Ich war wirklich nicht auf dem neuesten Stand.

»Und deine Jeans? Tut es dir leid, dass du sie gekauft hast?«

»Nein, meine Süße, ich freue mich sehr darüber. Wenn du findest, dass sie mir gut steht, glaube ich dir das.«

»Aber das stimmt tatsächlich.«

»Na ja.«

»Für dein Alter siehst du super gut aus.«

»Für mein Alter!«

»Nein, du siehst überhaupt super gut aus.«

»Ich weiß nicht ...«

»Ich schwöre es dir.«

»Hast du dich mit Claudine abgesprochen?«

»Mit Claudine? Wieso denn das?«

»Weil ihr beide mir dieselben Dinge sagt.«

»Ja, natürlich. Weil du gut aussiehst. Alle finden dich schön.«

»Na ja.«

»Nicht na ja, sondern ja.«

»Danke, meine Süße. Das ist nett von dir. Sag mal, was hältst du vom *Nautilus*?«

»Das kostet ein Vermögen und es ist voll von Leuten, die glauben, sie sind super fit und sexy. Willst du schwimmen gehen?«

»Ja, ich muss wieder etwas machen, das ist vielleicht gut für mich.«

»Du könntest mit Joggen anfangen, das kannst du überall machen, und es kostet nichts. Außerdem ist es in.«

»Ich hasse alles, was in ist.«

KAPITEL 4

in dem ich den Wert von Wörtern ermesse.

»Wie fühlen Sie sich?«

Vor meiner ersten Therapiestunde hatte Claudine mir mehrfach gesagt: »Du musst aufgeschlossen sein, bereit, dich zu öffnen, dich mit dir selbst auseinanderzusetzen, du kannst fluchen, weinen, dich zu Boden werfen und schreien, du musst über alles reden, verstehst du? Das wird schwer werden, du wirst glauben, du drehst dich im Kreis, aber das ist normal, je näher du der Wahrheit kommst, desto schwerer wird es. Die Frau wird dir helfen, wenn du bereit bist, dir selbst zu helfen, aber nur dann. Sie ist keine Putzfrau, sie ist nicht dazu da, dein Inneres zu säubern und dein Ego aufzupolieren, du wirst bösen Geistern begegnen, und das wird wehtun …« Als ich bei der Therapeutin ankam, war ich furchtbar aufgekratzt, war bereit, auf der Couch das Chaos in meiner Seele vor dieser Unbekannten auszubreiten, die jede Menge Diplome hatte. Ich war so fasziniert, dass ihre Ähnlichkeit mit der Anwältin von Gomeshi mich gar nicht abschreckte.

»Beschissen.«

»Das ist eine Metapher.«

»Das ist das erste Wort, das mir gerade eingefallen ist.«

»Warum, glauben Sie?«

»Weil ich mich so fühle.«

»Haben Sie diesen Eindruck oft?«

»Können wir uns duzen?«

Wenn man älter wird, stellt man diese Frage immer öfter. Die Gelegenheiten dazu häufen sich in erschreckendem Maße. Die Leute siezen mich schon seit so langer Zeit ganz selbstverständlich, spontan, dass ich mich jedes Mal erschrecke, wenn mich die Kassiererin im Supermarkt fragt: »Willst du eine Tüte?«

Wenn ich meine Haare nicht färben würde, wären sie weiß. Sie wurden es so plötzlich, dass ich mich von einem Tag auf den nächsten mit Marie-Antoinette messen konnte.

»Benutzt du dieses Wort oft, wenn du von dir redest?«

»Nein.«

»Hast du dieses Gefühl erst seit eurer Trennung?«

»Ich glaube ja.«

»Warum?«

Der erste schwierige Punkt. Ich hatte das Gefühl, trockene Kekse ohne Wasser schlucken zu müssen.

»Weil mein Mann aufgehört hat, mich zu lieben.«

»Glaubst du, dass du jetzt ein weniger wertvoller Mensch bist?«

»Vielleicht ja.«

»Was ist seitdem für dich anders geworden?«

»Oh, sehr viel.«

»Zum Beispiel?«

»Ich komme mir hässlich vor.«

»In welchem Sinn?«

»In jeder Weise.«

»Körperlich?«

»Ja, das auch.«

»Kannst du das ein bisschen erklären?«

»Es ist schwer in Worte zu fassen.«

»Was siehst du, wenn du dich im Spiegel anschaust?«

Um sicher zu sein, dass ich mein Geld nicht verschwendete, hatte ich meine Stoppuhr angeschaltet und mir vorgenommen, schnell zu reden und immer gleich zu antworten. Aber schon nach sieben Minuten drangen die Worte immer langsamer und wie in Trance aus meiner Kehle. Als ich ankam, war ich sicher gewesen, dass ich nicht zusammenbrechen würde, aber schnell wusste ich, es würde bestimmt alles anders laufen als geplant.

»Ich sehe weiche, blasse Haut.«

»Ist das neu?«

»Nein, das nicht ...«

»Und was ist jetzt anders?«

»Ich sehe mich besser.«

»Besser?«

»Ich erkenne die Details, die habe ich vorher nie wahrgenommen, sie störten mich nicht: Mit der Zeit bin ich überall dicker geworden, meine Fesseln sind dicker, mein Bauch ist schlaff, voller Schwangerschaftsstreifen, mein ›Mir reicht es‹ hängt schlaff nach unten ...«

»Dein was?«

»Das Gewebe, das wackelt, wenn man die Arme hebt und sagt: ›Mir reicht's.‹«

Sie hob die Arme und beugte sie, um zu sehen, wie es bei ihr aussah. Wie taktlos von ihr! Ihr Trizeps war fest, und nichts hing herunter.

»Hast du dich vorher so akzeptiert, wie du warst?«

»Ich glaube schon. Ich fand es normal, zuzunehmen und dass sich meine Figur änderte wie bei allen anderen.«

»Aber jetzt nicht mehr?«

»Nein.«

»Wodurch kommt das?«

»Ich habe gemerkt, dass ich mich etwas vernachlässigt habe.«

»Inwiefern?«

»Ich habe alles so laufen lassen.«

»Glaubst du, es hat auch damit zu tun, dass sich Jacques eine jüngere Frau gesucht hat?«

»Sehr viel jünger.«

»Ja, sehr viel jünger.«

»Vielleicht.«

»Wenn Jacques jetzt mit einer Fünfzigjährigen zusammen wäre, die dieselben Fehler hat wie du, nennen wir das im Moment mal so, glaubst du, dann wärest du ebenso streng mit dir?«

Ich war erst achtundvierzig, sie rundete mein Alter auf und klaute mir damit zwei kostbare Jahre, und die wollte ich mir nicht nehmen lassen. Diplomatisch war diese Frau nicht gerade.

»Ich glaube, dann wäre ich noch betroffener.«

»Tatsächlich? Warum?«

»Weil dann ich das Problem wäre. Ich meine, mein Kopf. Das, was ich bin.«

»Aber so ...«

»Aber so ist es vielleicht nur eine Bettgeschichte.«

»Hast du mit Jacques darüber gesprochen?«

»Worüber?«

»Über die Gründe seiner Entscheidung?«

»Ja, sicher.«

»Und?«

»Es ist nicht einfach.«

»War er sexuell unzufrieden?«

»Nein, ich glaube nicht. Aber man braucht nicht viel Fantasie, um sich vorzustellen, was ein Mann seines Alters mit einer Dreißigjährigen macht.«

»Was für Gründe hatte er?«

»Warum sollten wir über ihn reden, es geht doch um mich.«

»Wir versuchen ja zu verstehen, was bei dir schiefgelaufen ist.«

Wenn Schweigen nicht so teuer wäre, hätte ich lange nichts gesagt. Zweiter schwieriger Punkt. Ich spürte einen Knoten im Hals, wir waren schon in der dreizehnten Minute.

»Er hat mir gesagt, dass ... dass er ...«

»Hm.«

Ich konnte nicht anders, als den Satz in Worte zu zerhacken, um ihn auszusprechen.

»Er hat dir gesagt, dass er ...«

»Hm.«

»... sein wollte.«

»Er hat dir gesagt, er wollte ...«

Sie suchte in meinen Augen nach dem zu öffnenden Abszess. Das hatte sich irgendwo in meinem Geist gebildet und drohte ihn unwiederbringlich zu vergiften. Das wusste diese Frau. Sie glaubte nicht an eine Bettgeschichte.

»... glücklich sein.«

Jacques wollte glücklich sein.

Jacques war nicht mehr glücklich mit mir.

Jacques konnte mit IHR glücklich sein.

Jacques wollte mit ihr zusammen sein.

Was für eine blöde Logik.

Die noch übrige Zeit dieser Therapiestunde weinte und weinte ich und hielt mir die Hände vors Gesicht. Die freundliche Therapeutin reichte mir mit professioneller Geduld ein Taschentuch nach dem anderen. Als ich ging, war ich völlig verheult.

KAPITEL 5

in dem ich meinen sechsten Zeh preisgebe.

Ich bin schon langweilig auf die Welt gekommen. Das zuständige Gen hat sich während meiner Zeugung in meine DNA-Spirale eingeschlichen. Ich kann nicht tanzen, bin nicht in der Lage, dem Rhythmus einer Musik zu folgen. Mit den Ohren hat es nichts zu tun – als ich klein war, gingen meine Eltern mit mir zu verschiedenen Ärzten –, es liegt an meinem Gehirn. Es nimmt alle Töne auf, kann sie aber keinen Bewegungen zuordnen. Anders als alle, die den Rhythmus erkennen, muss ich ihn erraten. Immer wenn ich den Fuß aufsetze, versuche ich, den richtigen Takt zu finden, was mir nur durch Zufall gelingt. Offiziell bin ich eine, die keinen Rhythmus hat. Das ist ein Handicap, das man leider nicht sehen kann. Mir wäre ein sechster Zeh lieber gewesen, den hätte man durch eine Operation entfernen lassen können.

Als ich klein war, da war es noch lustig. Ich ging in der Menge der Kinder auf, die sich wild durcheinanderbewegten. Wenn ich auf der Tanzfläche war, amüsierten sich alle köstlich. Die Leute hielten sich den Bauch oder pressten die Hand auf den Mund, meine Mutter klatschte in die Hände, um mir Mut zu machen, alle waren zufrieden. Vor allem ich. Ich gab mein Bestes und wurde dafür belohnt. Diese Unbefangenheit habe ich heute nicht mehr.

Erst etwas später ging dann alles schief. Meine Mutter sah in meiner besonderen Rhythmik ein gewisses künstlerisches Talent und schickte mich in den Jazztanz-Unterricht der berühmten Tanzschule *Lapierre*. Nach ein paar Wochen, in denen der Lehrer mir deutlich klargemacht hatte, wie ich ihm auf die Nerven ging, was ich gar nicht begreifen konnte, erklärte er meiner Mutter, es habe keinen Zweck weiterzumachen. An diesem Tag tauchte der Satz »Sie hat keinen Rhythmus« in unserem Leben auf. Meine Mutter entgegnete ihm, es sei sinnlos, Geld dafür auszugeben, dass er den Kindern »dumme Affenbewegungen« beibrächte, »die jedes Fünfjährige von selbst« könne. Dafür liebte ich meine Mutter ganz besonders.

Unter Freundinnen, kurz bevor wir in die Pubertät kamen, erfanden sie für mich besondere Rollen, bei denen ich mich oft kaum bewegte, aber die Choreografie der anderen bereicherte. Ich war Drehachse für die, die sich drehten, der Pfahl, an dem sie sich bei Arabesken festhielten, Stützpfeiler für Pyramiden und sogar eine Wand für die, die keinen Handstand zustande brachten. Hätte ich nur ein Bein gehabt, hätten sie mich nicht anders behandelt. Meine Freundinnen bewahrten mich davor, mich lächerlich zu machen.

Als wir mit den Partys im Jugendkeller der Kirche anfingen, benahm ich mich so geschickt, dass alle meinten, ich sei dauernd auf der Tanzfläche aktiv. Dabei war ich es gar nicht. Ich bewegte mich von einer Freundin zur nächsten, sagte der einen oder anderen ein Geheimnis ins Ohr, begleitete andere, die auf die Toilette gingen, sich am Büfett etwas zu naschen holten oder draußen heimlich rauchten. Wenn die Tanzfläche so voll war, dass man kaum noch Luft zum Atmen hatte, wagte ich ein paar Bewegungen, die im Durcheinander von sich berührenden Körpern untergingen. Manchmal hörte ich im Vorbeigehen Dinge wie »Was bist du öde« wie sich andere Dinge wie »Dicker Brummer« oder »Pizzagesicht« anhören mussten. Bei der Akne und dem fehlenden Rhythmus war der Kampf derselbe.

Als alle wild auf *U2* waren, hatte ich ein paar der schönsten Momente meines Lebens, denn Tanzen war bei dieser Musik unglaublich einfach: Man musste nur die Füße nebeneinanderstellen, sie am Boden lassen und mit geschlossenen Augen seinen Körper bewegen wie eine Meeresalge in der Strömung. Die Arme bewegten sich um den Körper. In dieser fließenden Atmosphäre, in der mein mangelndes Rhythmusgefühl keine Rolle spielte, legten wir an manchen Abenden nie etwas anderes auf als *U2*. Es war das reinste Nirwana. Wir gerieten in Trance und waren wie hypnotisiert. Wenn ich heute *Sunday Bloody Sunday* höre, bin ich immer noch ganz hin und weg. Die Sonntage haben für mich noch die Farbe von damals.

Bei Partys an der Uni halfen mir oft das billige Bier und die Warteschlangen an der Theke aus der Patsche. Ich hatte mich zur Königin des Nachschubs erklärt und verbrachte die meiste Zeit damit, zwischen Bar und unserem Treffpunkt hin- und herzulaufen, der meistens mit einem Berg aus Taschen in einer Ecke markiert war. Ich kannte die Kellner, da waren meine Freundinnen und die DJs. Die herrliche Musik floss durch unsere berauschten Körper und unsere geistige Überdrehtheit. Und hier begegnete ich, während ich mich über einen neuen Flaschenöffner, den ein paar geschickte Studenten erfunden hatten, freute, Jacques zum ersten Mal. Er hatte sich wie ich über das Gerät gebeugt, das sechs Flaschen auf einmal öffnen konnte, und zwar im Bierkasten. Der Erfindungsreichtum diente unseren durstigen Kehlen. Diese Kerle wussten, was am wichtigsten war. Ich hatte gerade fünf Bier bestellt, er sechs, als er mir seine Hilfe anbot.

»Du hast doch schon sechs zu tragen.«

»Ich schaffe auch zehn.«

»Zehn?«

»Einen Finger pro Bier.«

Er steckte seine Finger in die überschäumenden Plastikbecher. Wie viel Dreck seine Finger seit dem letzten Waschen angesammelt haben mochten, war ihm völlig gleichgültig. Ich dachte an Schweiß, Fett, Popel, Bakterien an Geld und Schlüsseln, an alle Hände, die er berührt hatte, und so weiter.

»So können sie mir nicht wegrutschen.«

»Das ist praktisch.«

»Bist du allein hier?«

»Nein, mit ein paar Freundinnen.«

»Wo seid ihr?«

»Unser Platz ist da hinten.«

Ich zeigte ihm das Ende des Saales über die Körper hinweg, die im Rhythmus von *Jump! Jump! Jump!*

sprangen. Die Musik drang aus Lautsprechern, die den Abend wohl nicht überleben würden. Jacques zeigte seine schönen weißen und geraden Zähne. Ein Junge aus guter Familie.

»Ich hab eine Idee.«

»Und welche?«

»Wir liefern unsere Sachen ab und treffen uns dann draußen beim Eingang B.«

»Zum Rauchen?«

»Nein, um Luft zu schnappen.«

»Willst du nicht tanzen?«

»Nein, ich kann das nicht.«

Diese ehrliche Äußerung, im Grunde eher harmlos, sollte den Rest meines Lebens bestimmen. Jacques war genau wie ich ein Mensch ohne Rhythmus. Als ich sah, wie seltsam er sich bewegte und das ganz gegen den Rhythmus, kam ich mir vor wie ein Gestrandeter, der auf seiner einsamen Insel von der Zivilisation besucht wird. Ich verliebte mich in diesen Jungen wegen etwas, das er nicht hatte. Alle seine guten Eigenschaften wurden eine Weile von dem, was ihm fehlte und ihn für mich dadurch so kostbar machte, in den Schatten gestellt. Wäre ich gläubig gewesen, hätte ich Gott dafür gedankt, dass er ihn geschickt hatte, als Wiedergutmachung dafür, dass er mich bei der Verteilung des Rhythmusgefühls vergessen hatte.

Unseren ersten Abend verbrachten wir mit heftigen Küssen, wie alle Leute, die von der Liebe wie vom Blitz getroffen sind. Wir tranken die Luft im Mund des anderen und versuchten, unsere Körper miteinander zu verbinden. Hätte er mir in diesem Augenblick gesagt, dass er keine Zungenküsse mag, hätte ich ihm nicht geglaubt. Später habe ich mir gesagt, dass diese Art von Küssen genau wie weibliche Eizellen nur in begrenzter Zahl vorkommen. Wenn die Reserven aufgebraucht seien, müsse man sich damit abfinden. Unsere Nächte zogen sich endlos in die Länge. Erst als ich später Kinder bekam, erlebte ich wieder eine solche Müdigkeit. Wir haben uns geliebt wie niemand sonst. Wir haben geheiratet, und wie bei allen anderen auch war unsere Ehe *für immer.*

In der Mathematik ergibt minus mal minus plus. In der Biologie sind die Dinge weniger einfach. Als Alexandre geboren wurde, habe ich mir große Mühe gegeben, damit sich in seinem Gehirn die für das Rhythmusgefühl notwendigen Synapsen bildeten. Ich habe ein Metronom gekauft, damit er lernte, im richtigen Takt in die Hände zu klatschen, DVDs, Kinderreime, Lieder und Tanzmusik, damit sein akustisches Universum ständig angeregt wurde. Als er achtzehn Monate alt war, ging ich mit ihm zu einem Eltern-Kinder-Workshop, in dem die »innere Musik im Körper von Kindern erweckt« werden sollte. Ich nahm an über sechs demütigenden Sitzungen teil, bevor ich den Kurs aufgab und mich nur noch auf CDs stützte, um das Beat-Hormon anzuregen. Die sogenannte Therapeutin hatte beschlossen, dass ich ihre Praxis nur verlassen dürfte, wenn ich meine innere »Kakofonie« gezähmt hätte. Ich erspare uns hier den Unsinn, mit dem sie ihren Ansatz durchzusetzen versuchte. Es hatte schon frühere Versuche gegeben, mich zu heilen, aber ihre Methode grenzte an Aggression. Sie packte mich an den Schultern und zwang mich, mich im Gleichklang mit ihr zu bewegen, oder klatschte ganz nah an meinen Ohren in die Hände, damit mein Körper »aufwachte«. Bevor ich zurückschlug, bin ich gegangen.

Mit vier Jahren besuchte Alexandre Kurse für klassisches Ballett (es gab sonst keine Kurse ohne Eltern). Das Urteil fiel sehr schnell. Er war gerettet, sein Körper konnte die schwierigsten Herausforderungen meistern.

Als er uns mit vierzehn erklärte, er sei schwul, gab meine Schwiegermutter die folgende, für sie typische simple Erklärung von sich:

»Ich hoffe, du bist nicht überrascht bei all den Ballettkursen, die du ihm verordnet hast.«

Ich weiß bis heute nicht, wie es mir gelungen ist, ruhig zu bleiben. In den nächsten Tagen habe ich meine Wut abreagiert, indem ich mir vorstellte, wie ich ihr die Augen ausstach, die Nase einschlug oder sie in den Bauch trat. Gewalttätig? Lange nicht so schlimm wie zu glauben, dass Homosexualität ein Makel ist.

Charlotte und Antoine haben auch ein ganz normales Rhythmusgefühl. Ich halte wirklich viel von Mathematik.

KAPITEL 6

in dem Jean-Paul mein Rebound wird.

Die pubertären Ideen von Claudine reiften in mir und wurden zu einem Rollenspiel, das mich gut beschäftigt hielt. Ihr Plan funktionierte. Ich hatte mir eine Reihe komplett verrückter Szenarien ausgedacht auf dem Niveau miesester Soaps, in denen ich am Ende J. P. küsste.

Aus purem Zufall war ich mit Jean-Paul im Kopierraum, schloss die Tür und küsste ihn, ohne auf den geringsten Widerstand zu stoßen.

Der Aufzug hatte eine Panne – wir waren natürlich gerade beide drin –, reflexartig kam er auf mich zu, um mich zu schützen, am Ende küsste er mich, und ich wehrte mich nicht dagegen.

Ich benutzte die Treppe, um mich ein bisschen zu bewegen, bevor ich den ganzen Tag im Sitzen verbrachte, und traf auf ihn – reiner Zufall, dass er zur selben Zeit Sport betrieb wie ich –, und das Ganze endete unausweichlich mit einem heftigen Zungenkuss.

Es gab auch Szenen mit Katastrophen, die mich beinahe in Rührung versetzten:

Wir mussten wegen eines Bombenalarms das Gebäude verlassen, und in unserer Panik waren wir ein paar Straßen vom Büro entfernt allein, fest umschlungen, Mund an Mund, um den Hass der Welt leichter zu ertragen.

Der klassische Stromausfall, Dunkelheit, Angst, Wärme, positiver Zufall, der in der allgemeinen Verwirrung Hände und Mund zusammenbrachte.

Ich fiel in dem Flur, der zum Konferenzraum führt, in Ohnmacht, und mit einer olympischen Heldentat fing mich J. P. auf, bevor mein Kopf auf dem Zement des als nachhaltig klassifizierten Gebäudes aufschlug (wodurch mein Gehirn nicht in die Gegend spritzte und eine komplizierte Reinigung des Bodens vermieden werden konnte). Er war so glücklich, als ich ins Leben zurückkehrte, dass er nicht anders konnte, als mich heftig zu küssen.

Manchmal waren die erdachten Katastrophen so unwahrscheinlich, dass ich sie hier nicht wiedergeben möchte. Im besten dieser schlimmsten Fälle waren wir die einzigen Überlebenden der Vernichtung der Erde und küssten uns, um die ängstliche Erwartung unseres unausweichlichen Endes abzumildern. Kurz gesagt, der Welt ging es schlecht, ich aber genoss leidenschaftliche Küsse.

Im wahren Leben arbeitete J. P. in der Finanzbehörde in der vierten Etage und ich eine Etage höher in der Abteilung für materielle Ressourcen. Die Chancen, sich im Aufzug oder einem in Brand geratenen getäfelten Raum zu begegnen, waren gleich null. Vielleicht müsste ich ein wenig nachhelfen.

So bewegte ich mich häufiger zwischen Erdgeschoss

und fünfter Etage, um die Chancen, ihm zu begegnen, zu erhöhen. Man musste ja irgendwo anfangen. Nach oben fuhr ich mit dem Aufzug (ich wollte nicht alles verderben, indem ich schwitzte), nach unten lief ich über die Treppe. Ich erklärte die Häufigkeit meines Gesundheitstrainings auf der Treppe während der Pausen und in der Essenszeit mit einer Veränderung meines Lebensrhythmus. Alle wussten um meine persönliche Situation und konnten dieses Bedürfnis nach Veränderung verstehen. Häufiger als notwendig begab ich mich in die vierte Etage, um Dinge nachzuprüfen (in Wahrheit ging ich auf die Toilette und tat, als schnäuzte ich mir die Nase). Natürlich vergaß ich oft dieses oder jenes, damit der Zufall mehr Spielraum bekam. Dieser, das muss ich zugeben, zeigte sich in meinen Träumen kooperativer als in der Wirklichkeit.

Wenn ich mich tatsächlich einmal mit J. P. (und einer ganzen Reihe Aufpasser) im Aufzug befand, sah ich ihn durchdringend an, um ihn zu beeinflussen; es heißt, wenn die betreffende Person in der Nähe ist, dringen Gedanken viel leichter in ihren Kopf. Ich sah ihm ins Gesicht und gab ihm folgenden, sehr einfachen Befehl: »Küss mich.« Er verstand mich jedoch nicht. Die Leute verließen den Aufzug, wie sie hereingekommen waren, grüßten höflich mit einem Kopfnicken und sahen auf die ab und zu aufleuchtende Schaltfläche. Je mehr ich ihn ansah, desto besser gefiel mir sein Aussehen, und entsprechend unwahrscheinlicher erschien mir, dass wir uns irgendwann küssen würden.

»Das ist doch völliger Quatsch! Was du da praktizierst, ist Voudou. Du musst etwas Konkretes machen, zu ihm hingehen, ihn zu einem Kaffee einladen. Wenn du ihm nicht nahkommst, wirst du ihn niemals küssen. Suggestion, so ein Unsinn! Wenn du das in dem Buch *Das Geheimnis* gelesen hast, reiß ich dir den Kopf ab.«

»Das war in einer Zeitschrift.«

»Sag mir nicht, in welcher. Komm später mal bei mir vorbei, ich wollte dich um einen kleinen Gefallen bitten.«

In aller Naivität bin ich nach der Pause zu Claudine gegangen, und die sagte so laut, dass es jeder hören konnte: »Ach, Diane, gehst du gerade in die Buchhaltung? Kannst du das hier bitte für mich zu J. P. bringen?«

Sie gab mir zwei bereits bearbeitete Ordner, ich fuhr damit in die vierte Etage und ging entschlossenen Schrittes zu Jean-Pauls Büro. Da die Tür offen stand, ging ich hinein. Stapelweise sauber aufgeschichtete Akten warteten auf wohlmeinende Hände neben einem Glas aus falschem Kristall mit ebenso falschen Stiften: *Pilot Hi-Tecpoint V7 Grip* (ich verzog leicht das Gesicht, weil ich keine dicken Minen mag). Daneben stand ein kleiner Schäfer aus Porzellan, der seine imaginären Schafe beaufsichtigte und dabei lächelte, als gäbe es keine Wölfe. Keine Fotos, nur eine Friedenslilie, die sehr gerne da zu sein schien. Das will nichts heißen. Friedenslilien fühlen sich überall wohl. Seine Sekretärin fing mich ab.

»Hallo, Diane!«

»Oh, hallo Josy!«

»Suchst du Jean-Paul?«

Außer seiner Sekretärin nannte ihn niemand Jean-Paul, vielleicht wegen der Hierarchie. Er stellte sich immer als J. P. vor. Seit einer Telenovela, in der der Bösewicht so hieß, war der Name Jean-Paul nicht mehr sehr beliebt.

»Ja.«

»Hast du Akten für ihn?«

»Nein, beziehungsweise ja, Claudine sagte mir, ich solle sie ihm geben, ich möchte das gerne lieber selbst machen.«

»Keine Sorge, ich gebe sie ihm schon. Er kommt sicher bald wieder.«

»Wo ist er denn hin?«

»Er trinkt in der zweiten Etage einen Kaffee. Sie haben sich eine neue Espresso-Maschine geleistet.«

»Wow!«

»Die Truppe in der Übersetzungsabteilung trinkt keinen normalen Kaffee.«

»Ich sehe mal, ob ich ihn da finde, ich muss ihm ein paar Dinge erklären.«

»Du siehst gut aus heute, schönes Outfit.«

»Oh, danke, nett, dass du das sagst.«

Wäre ich blind gewesen, hätte ich das Kompliment vielleicht erwidern können. Als ich sah, wie sie auf ihren dicken weißen Beinen zu ihrem Arbeitsplatz stapfte, tat sie mir ein bisschen leid. Sie verabschiedete sich von mir mit einer Bewegung ihrer Finger, die mit weißen falschen Nägeln versehen und mit Perlenringen bestückt waren. Alles passte zu ihren Perlenohrringen und dem Zierkamm im Haar. Auch ihr Kostüm war weiß. Seit sie hier arbeitete, hatte sie den Ruf, ihre Nase in alles hineinzustecken, sobald sich die Gelegenheit bot. Hätte ich eine solche Sekretärin gehabt, wäre ich sicher auch zu der entlegensten Kaffeemaschine weit und breit geflüchtet.

Ich nahm die Treppe, um wieder Mut zu sammeln. Als ich in der zweiten Etage ankam, sah ich, wie J. P. gerade mit energischem, schwungvollem Schritt den Aufzug betrat. Ich lief dorthin, aber die Tür schloss sich, als ich gerade »Jaay-Peee« sagte, oder besser, quietschte. Es rutschte mir einfach so heraus. Ich blieb stehen, die lächerlichen Akten in der Hand. Da ging die Tür wieder auf, und J. P. stand da, lächelte und fragte, was ich so dringend von ihm wollte.

»Claudine hat mich gebeten, dir das zu geben. Ich war gerade oben und kam bei ihr vorbei ...«

»Du bist extra damit nach hier unten gekommen? Das muss ja wichtig sein.«

»Nein, ich bin wegen der Kaffeemaschine hier runtergekommen.«

»Was sind das für Ordner?«

»Ich habe keine Ahnung.«

»Die habe ich, glaube ich, letzte Woche schon bearbeitet.«

»Vielleicht hat sie sich geirrt.«

»Ja, aber trotzdem komisch. Fährst du nach oben?«

»Ja.«

»Aber wolltest du nicht einen Kaffee?«

»Ach ja, hab ich ganz vergessen.«

»Dann danke für die Akten, ich sehe sie mir gleich noch mal an. Irgendwas stimmt damit wohl nicht.«

»Ja …«

»Also, mach's gut.«

»Ja …«

Die Aufzugstür schloss sich leise, und ich stand betreten da. Ich holte mir keinen Kaffee, sondern lief wieder die Treppe hoch.

Dann ging ich zu Claudines Büro und setzte mich auf den Stuhl, auf dem Leute sitzen, die sich über irgendetwas beschweren. Kein Stuhl im Haus wird so viel benutzt.

»Diese Sache mit dem Knutschen ist völlig idiotisch. Ich kam mir so blöd vor, ich hasse mich, und ehrlich gesagt ist J. P. …«

»J. P. hat ausgezeichnetes Rebound-Potenzial.«

»Er sieht einfach zu gut aus.«

»Er ist unabhängig, sein Kopf ist ein bisschen zu groß, er wirkt fast schon ein bisschen zu selbstbewusst, der ideale Kandidat zum Küssen.«

»Aber er hat eine Frau, eine blonde sogar.«

»Das kann dir doch egal sein. Umso besser. Du willst ihn doch nicht heiraten, nicht mal mit ihm schlafen, sondern ihn nur küssen. Danach kann er so weiterleben wie bisher.«

»Willst du, dass ich mich an Jacques räche?«

»Keineswegs. Das ist keine Rache, das ist purer Egoismus. Du musst jetzt nur an dich denken und brauchst zwei Dinge: dass die Zeit vergeht und etwas Selbstvertrauen.«

»*Oje!* Ich hab nichts erreicht.«

»Seit wie viel Tagen verbringst du deine freie Zeit jetzt schon damit, von J. P. zu träumen?«

»So ist das ganz und gar nicht!«

»Ein bisschen abgelenkt hat dich das schon.«

»Aber nur wenig.«

»Jedenfalls gibst du dir morgens beim Anziehen mehr Mühe.«

»Ein bisschen.«

»Na siehst du. Und genau das ist der Sinn der Sache mit den Küssen. Es ist harmlos wie eine heiße Zitrone, tut einem aber gut. Du hast schon seit Monaten nicht mehr so gut ausgesehen.«

Als ich wieder in mein Büro kam, hatte ich eine Nachricht von Jean-Paul Boisvert auf meinem Anrufbeantworter. Ich schüttelte den Kopf: J. P. hatte mich angerufen. Der Tom Brady der Buchhaltung hatte meine Nummer gewählt.

»Hallo Diane, kannst du mal vorbeikommen, wenn du kurz Zeit hast? Nichts Dringendes, auch nichts Wichtiges. Wenn du mal 'ne Minute hast.«

»War das alles?«, fragte mich Claudine.

»Ja.«

»Na, siehst du mal. So lächerlich bist du gar nicht!«

»Was soll ich jetzt bloß tun?«

»Das ist doch wohl keine Frage.«

»Ich werde mich wieder total peinlich aufführen.«

»Klar, aber du gehst trotzdem hin.«

»Halt mir den Platz hier schön warm, ich komme gleich wieder.«

Seine Bürotür war geschlossen – ein Schutzwall gegen die Gefahr, plötzlich geblendet zu werden. Josy öffnete die Tür selbst, wie eine übereifrige Empfangsdame, wobei sie die Arme bewegte wie in der Gameshow *Der*

Preis ist heiß. J.P. blickte gerade konzentriert auf seinen Bildschirm, mit gerunzelten Brauen. Er sah besser aus denn je, die Ernsthaftigkeit stand ihm gut. Sie verlieh ihm eine Spur jener Weisheit, die sie von Männern in Zeitschriften nicht kannte. Er hatte so dichtes, festes Haar, dass man mit einer Hand kaum durchzukommen schien, nicht mal mit einer zarten Frauenhand. Jacques' Haare hatten das Schiff schon lange verlassen, und ihm war nur ein Haarkranz geblieben, ähnlich wie bei einer Mönchstonsur. Falten stehen Männern gut, und so genügte eine einzige Rasur, dass er gut zehn Jahre jünger aussah. Damit gehörte er zu der Sorte reifer Männer, denen eine Glatze gut stand. Manchmal hatte ich das Gefühl, dass ich in meiner Ehe Opfer einer schädlichen Umverteilung wurde: Die Jahre, in denen wir älter wurden, trug allein ich auf meinen Schultern.

»Guten Tag, Diane. Danke, Josy. Bitte schließ die Tür.«

»Soll ich die Anrufe annehmen, damit ihr nicht gestört werdet?«

»Nein danke, stell sie ruhig durch.«

»Ist das ein privates Treffen?«

»Nein, ein berufliches, danke, Josy.«

Sobald die Tür geschlossen war, rollte J.P. mit seinem Stuhl in meine Nähe auf die andere Seite des Schreibtisches und sagte in vertrauensvollem Ton:

»Diane, es fällt mir nicht leicht, dich das zu fragen, es ist mir sogar ziemlich unangenehm, aber vorhin hatte ich den Eindruck, dass ...«

Was er danach sagte, habe ich nicht mehr gehört. Ich sah, wie sich sein Mund bewegte, aber sekundenlang kriegte ich nichts von seinen Worten mit. Ich war wie hypnotisiert von seinen schönen Händen und seinem Mund. Mehr brauchte ich nicht. Dass er ihn für anderes benutzte als mich zu küssen, machte mir nichts aus. Als seine Lippen sich nicht mehr bewegten, legte er vorsichtig seine Hände auf den Schreibtisch und sah mich erwartungsvoll an.

»Hm.«

»Entschuldigung, ich glaube, das war zu indiskret. Es tut mir leid.«

»Nein, gar nicht. Nur, ich habe es nicht so richtig gehört. Was hattest du gesagt?«

»Was?«

»Ich war mit meinen Gedanken woanders. Entschuldige bitte.«

Ich blamierte mich, genau wie ich vorausgesagt hatte.

»Okay. Ich habe nur gefragt, wo du deine neuen Stiefel gekauft hast. Ich finde sie sehr schön, und bald hat meine Frau Geburtstag ...«

»Bist du verheiratet?«

»Ja.«

»Seltsam, ich dachte, du wärest unverheiratet. Das ist in eurer Generation häufiger so.«

»Ich dachte, wir wären ungefähr gleich alt.«

»Tatsächlich? Wie alt denn?«

»Vierundvierzig.«

»Nein!«

»Doch.«

»Aber nein!«

»Doch, doch.«

»Das kann nicht sein.«

Er wirkte kaum wie fünfunddreißig. Ich hätte ihm und seinen netten Krähenfüßen gern eine verpasst. Hinter ihm erstreckte sich durch die große, nicht besonders saubere Fensterscheibe ein Teil der Abraham-Ebene in ihrer ganzen Schönheit. Lauter bunte Figuren liefen herum, die eine ländliche Szenerie bildeten und sich die Beine vertraten, bevor sie in ihren Käfig aus Stahlbeton zurückkehrten. Ich hatte beinahe das Gefühl, das Gras unter meinen Füßen zu spüren. Plötzlich hatte ich große Lust zu rennen.

»Welche Schuhgröße hat deine Frau?«

»Achtunddreißig.«

»Das passt ja gut.«

Ich stand auf, stützte mich an einer Ecke seines Schreibtisches ab, zog meine Schuhe aus und stellte sie oben auf seinen ordentlichen Aktenstapel. Er versuchte, mich daran zu hindern, mich zu überzeugen, sie zurückzunehmen, aber ich versicherte ihm, dass sie ganz neu seien, dass er nirgendwo solche finden würde und sie mir nicht perfekt passten.

»Ich will deine Stiefel nicht, das ist sehr großzügig von dir, ich wollte nur wissen, wo du sie herhast, das ist doch völlig verrückt, Diane, du kannst doch nicht einfach so weggehen ...«

»Ich habe jetzt eins begriffen und danke dir dafür. Ich will, dass man mir in die Augen sieht und nicht auf meine Füße.«

»Okay, ich habe dich schockiert, das tut mir leid, deine Stiefel sind schön, aber ich ...«

Ich drehte ihm den Rücken zu, öffnete die Tür – Josy

war gerade nicht da, zum Glück! – und lief auf Strümpfen durch die Flure der vierten Etage, dann durch das eiskalte Beton-Treppenhaus, dann durch die Flure der fünften Etage. Ich rannte wie *Wonder Woman*, die Arme im rechten Winkel gebeugt. Ich war voller Tatendrang wie in der ersten Klasse, wenn endlich die Schulglocke läutete. Ich fühlte mich richtig wohl, alles schien nicht mehr so schwer, weniger bürokratisch, weniger mühsam. Denen, die mir unterwegs begegneten, zeigte ich das Teufelszeichen, damit sie sich keine Sorgen machten und verstanden, dass es sich nur um eine vorübergehende Spinnerei handelte. Sollten sie mit ihren Formularen vor Langeweile sterben, ich musste rennen. Und ich rannte und rannte, im Kopf war ich *Lola, Forrest, Alexis Lapointe*. Ich kam an der geschlossenen Tür des Konferenzraums an, außer Atem, völlig durchgeschwitzt, die Arme voller Staub.

Claudine kam zu mir und war außer sich. Ich lächelte ihr zu, mit meinen Zähnen, die sich durch Kaffee und Rotwein beige verfärbt hatten. Man sah mir an, wie ausgezeichnet es mir ging.

»Du solltest es mal ausprobieren, das ist super!«

Dann rannte ich weiter durchs Treppenhaus wie ein Mädchen, ohne Schuhe, ohne Verstand, ohne Mann.

Ich bat den Taxifahrer, mich zum nächsten Sportgeschäft zu fahren, es war ja nicht zu übersehen, dass ich Schuhe brauchte.

Als ich mit meinen dreckigen Strümpfen den Laden betrat, kamen die beiden Verkäufer mit sorgenvoll verzerrtem Gesicht auf mich zu. Das war nur zu verständlich,

ich sah aus wie eine Obdachlose, die gekommen war, um hier Schuhe abzustauben. Einer von ihnen lächelte mir trotzdem zu. Er hatte meine feine italienische Handtasche gesehen, und das muss ihn beruhigt haben.

»Ich möchte mit dem Laufen anfangen.«

»Haben Sie Ihre Schuhe verloren, Madame?«

»Nein, ich habe sie jemandem geschenkt, der sie brauchte.«

»Wir finden schon etwas für Sie.«

Er zeigte seine strahlend weißen Zähne, offenbar trank er keinen Kaffee, und wir gingen hinten in den Laden, wo Hunderte Sportschuhe in kräftigen Farben ein Mosaik bildeten – technischer und futuristischer Fantasie entsprungen. Ich setzte mich auf eine Bank, damit mir nicht schwindelig wurde.

Ich warf meine Strümpfe weg und zog die an, die der freundliche »Karim zu Ihren Diensten« mir reichte. Es waren Probierstrümpfe, sicher schon von jeder Menge Läufer benutzt und vermutlich voller Pilze, wie Jacques gesagt hätte, der eine Höllenangst vor ansteckenden Krankheiten der Füße hatte. Ich zog sie munter an. Es gefiel mir, gefährlich zu leben.

»Kommen Sie mit, wir machen eine Laufprobe.«

»Eine Laufprobe?«

»Ich muss sehen, wie Sie laufen, um zu wissen, welche Schuhe für Sie am besten geeignet sind.«

»Aber ich möchte nur ganz gewöhnliche Laufschuhe.«

»Ich muss aber sehen, was für Schritte Sie machen, wenn Sie passende Schuhe haben wollen, sonst könnten Sie Ihrem Körper schaden.«

»Sie nehmen es aber wirklich ernst.«

Ich stellte mich auf das Laufband und lief vor den aufmerksamen Blicken des jungen Mannes, der sich hingehockt hatte, um meine Schritte besser einschätzen zu können, ein paarmal hin und her. So musste er leider meine schwabbelige Haut oberhalb meiner Füße ansehen. Warum auch nicht, heute war der Tag meiner Selbstsabotage.

Ich tat ihm sogar einen Gefallen. Heute Abend würde ihm seine hübsche Blonde zu Hause viel besser gefallen.

Ich erfuhr dann, dass ich an einer ziemlich starken Pronation litt. Ich war gekommen, um mir Laufschuhe zu kaufen, und ich ging mit einer medizinischen Diagnose. Von den Hunderten Paar Schuhen, die hier ausgestellt waren, kamen nur drei für mich infrage. Sie waren alle potthässlich, Mischungen aus grellen Leuchtfarben und mit Linien versehen, die aerodynamisch wirken sollten. Die Rückkehr zur Mode der 80er-Jahre ist mir ein Gräuel. Man kann es fast Phobie nennen. Man kann sich vorstellen, wie leicht mir die Wahl fiel.

Ich musste sowieso meinen üblichen Stolz beim Einkaufen von Kleidung abwerfen.

»Ist die BH-Größe richtig, Madame?«

»Ich glaube schon, allerdings wird meine Brust ein bisschen eingequetscht.«

»Das ist normal, die Brust muss ja zusammengehalten werden.«

Meine Brust war nicht zusammengepresst, sie war flach und formlos. Wenn ich drei oder vier Brüste gehabt hätte, dann hätte man es nicht mal bemerkt. Meine Brustwarzen wurden nie fest, selbst bei großer Kälte nicht.

»Springen Sie ein paarmal hoch, Madame, da kann man sehen, ob er gut passt.«

Wo ich schon mal dabei war, warum nicht? Die Tür der Umziehkabine wackelte, obwohl ich nicht sehr hoch sprang. Der Spiegel wackelte. Ein Schraubenzieher wäre nicht schlecht gewesen. Die Lächerlichkeit kannte keine Grenzen. Ich wollte laut loslachen, da fiel mir ein, dass vielleicht irgendwo eine versteckte Kamera war. Der Gedanke, mich auf YouTube in diesem Zustand zu sehen, würde mir den Rest geben.

Ich folgte Karims Rat und wählte ein paar passende Kleidungsstücke, aus Hightech-Mikrofaser, eine lange Laufhose und sogar »wissenschaftlich geprüfte« Unterhosen wegen des Komforts. Ich war eine leichte Beute des Sportmarketing, unter dem Deckmantel der Wissenschaft konnte man mir alles verkaufen.

»Das Gute an dieser Unterwäsche, Madame, ist Folgendes. Da sind an den entscheidenden Stellen Einsätze aus luftdurchlässigem Spezialgewebe, die antibakteriell wirken.«

Im Klartext hieß das, dass ich eine Belüftung brauchte, damit sich zwischen meinen Beinen und am Hintern keine unerwünschte mikrobiotische Fauna ansiedelte.

»Sie können auch etwas kaufen, das Ihre Gesäßmuskeln stützt, wir haben da verschiedene Sorten ...«

»Oje!«

»Eine String empfehle ich Ihnen nicht, das ist mehr fürs Aussehen, junge Mädchen haben das gerne …«

»Und was nehmen Frauen meines Alters normalerweise?«

»Den *Firm-contro X-treme.*«

Gern hätte ich den Mut gehabt, ihn zu fragen, ob diese Art Stützhose den Hintern genauso zusammenpresste wie der BH die Brust, dann wären wohl keine zu belüftenden Stellen mehr da gewesen, aber ich hatte Angst, er würde mich auffordern, auf der Stelle zu hüpfen, um festzustellen, wie sehr mein Hintern wackelte.

Nachdem ich mit einem Wildfremden über meine privatesten Körperteile gesprochen hatte, verließ ich den Laden um 427 Dollar erleichtert. Charlotte hatte recht, Laufen kostete nichts, aber erst nachdem man ein paar Hundert Dollar ausgegeben hatte.

Als ich später im Bett lag – im Gästezimmer wohlgemerkt –, lachte ich mich tot im Gedanken an J. P., wie er mir verzweifelt die Stiefel hinhält, als hätte er eine heiße Kartoffel in der Hand. Dann schaltete ich meinen Computer an und kaufte weniger auffällige italienische Schuhe. Meine Augen mussten ab und zu etwas Schönes zu sehen bekommen.

KAPITEL 7

in dem ich von banalen Dingen rede.

»Bist du ihm böse?«

»Ja, sehr. Das ist doch klar.«

»Warum?«

»Hm.«

»Kannst du es mir trotzdem sagen?«

Das helle Rosa ihrer Seidenbluse hatte eine beruhigende Wirkung auf mich. Ich hatte mir an diesem Tag sogar vorgenommen, nicht die Zeit zu stoppen. Ich wollte effizient sein und nicht verzweifelt rumheulen.

»Als wir zum letzten Mal miteinander geschlafen haben, wusste ich nicht, dass es das letzte Mal war. Für eine Frau meines Alters ist das hart. Vielleicht war es das letzte Mal überhaupt in meinem Leben.«

»Hättest du es lieber gewusst?«

»Wie hätte das gehen sollen? ›Übrigens, Diane, wir machen es heute zum letzten Mal‹ – vielleicht so?«

»Hm.«

»Aber er wusste es, natürlich wusste er es, und das widert mich an.«

»Warum widert es dich an?«

»Weil ich mir vorstelle, wie er denkt. ›Los, Jacques,

ein letztes Mal, zeig es deiner Frau noch mal richtig, danach ist endlich alles klar.‹«

Mir brach die Stimme. Ich verzog des Gesicht. Der Schmerz war immer in unmittelbarer Nähe. Er überkam mich, sobald ich an die ganze Sache dachte. Meine Therapeutin sah mich an, ohne sich zu bewegen, ohne ein Wort zu sprechen. Ich spürte, wie mein Schmerz langsam weniger wurde, sich allmählich auflöste. Es lag an ihrem Schweigen, hätte sie etwas gesagt, wäre ich vielleicht nicht so weit gekommen. Jetzt rannen mir dicke Tränen über die Wangen und liefen an meinem Hals entlang.

»Ich möchte verstehen, was ich falsch gemacht habe. Ich frage mich, wie das passiert, wo solche Geschichten anfangen. Wer für was verantwortlich ist. Das ist dumm, ich weiß, es passiert ja so vielen Leuten, ist etwas so Banales. Aber ich weiß einfach nicht, was genau es ausgelöst hat. Ich kann es mir einfach nicht erklären, stelle mir tausend Szenen vor, die sich immer wiederholen. Er hat mir gesagt, wann ungefähr die Sache mit dieser Tussi angefangen hat, weil ich immer wieder nachgefragt habe, aber dadurch verstehe ich noch nicht, wie es begonnen hat. Es bleibt immer alles so vage. Er könnte es mir doch einfach sagen, dann könnte ich mich besser von allem freimachen. Wenn jemand umgebracht wird, haben die Angehörigen doch auch das Recht zu erfahren, wie es passiert ist. Man sagt ihnen, mit welcher Waffe, um welche Zeit, ob die Person gelitten hat oder nicht, und wenn ja, wie lange. Ich bin sicher, es ist weniger schlimm, wenn man alles weiß, sonst verbringt man seine ganze Zeit damit, sich vorzustellen, wie es passiert ist. Ich weiß ja, niemand ist gestorben ... Aber der erste Kuss, die erste Berührung ... über all das nachzudenken, macht mich verrückt. Es würde vermutlich nichts ändern, wenn ich es wüsste, aber dann hätte ich wenigstens einen Anhaltspunkt, um zu hassen. Ich könnte meinen Hass auf etwas ganz Bestimmtes projizieren, Kongresse, eine Reise nach Boston, ein Abendessen im *Buonanotte* ... Aber so kann ich mich an nichts festhalten, alles geht ins Leere ... Ich stelle sie mir auf einem ihrer mondänen Abende vor – wie mir diese Soireen auf die Nerven gingen, all der Small Talk mit Leuten, die von nichts anderem redeten als von Geld – ich stelle mir vor, wie sie ankommt, angezogen wie ein Star, mit großen glänzenden Ohrringen, Lipgloss, strahlend, jung, ohne Falten, ohne Ringe unter den Augen, mit einem flachen Bauch unter ihrem verdammten Kleidchen, mit betontem Hintern, und ich stelle mir vor, wie Jacques sie ansieht und sich sagt *Oh mein Gott, ist die schön!* Dann holt er ihr ein Glas Weißwein, galant, wie man es von ihm gewohnt ist, ihre Finger berühren sich, sie lassen einander kurz los, nähern sich wieder an. Alle denken immer, es wären die Augen, nein, es sind die Hände, alles läuft über die Hände, da bin ich sicher. Es fängt mit einem Finger an, der irgendwo zu lange verweilt. Ich war nie eifersüchtig, ich habe nie an so etwas gedacht, außer einmal vor langer Zeit, aber das hatte ich mir nur eingebildet ... Die Kollegen haben sie vielleicht gesehen, als das mit Charlène anfing, aber das ist ihnen egal, es amüsiert sie eher, es ist bei allen dasselbe ... Da gibt es das ganze Jahr über so viele Partys und Kongresse, und unter diesen Leuten ist eine ganze Reihe Arschlöcher, ich kenne alle möglichen Geschichten, eine schlimmer als die andere, das schwöre ich dir, Geschichten, die die anderen betreffen, normalerweise ... Dann sind sie im Büro, und ich sehe Jacques' Hand, wie sie sich auf die Schulter der schönen Charlène legt. ›Komm zu mir ins Büro, wir müssen über ein paar Sachen reden‹, und wenn dann die Tür geschlossen ist, geht der eine auf den anderen zu. Wer den ersten Schritt macht, das ist egal, es ändert ja nichts. Er müsste uns schützen, sie zurückweisen. Das wäre sein Job gewesen, nicht ihrer, sie schuldet mir nichts, dieses Mädchen, er hätte das verhindern müssen, und weil er es nicht getan hat, ist es, als habe er es gewollt ... Ich komme immer wieder zu demselben Schluss: Ich bin das Problem, Jacques ist zu ihr gegangen oder hat sich von ihr einwickeln lassen, weil er etwas anderes brauchte, etwas anderes als mich. Ich habe nicht gemerkt, dass er nicht mehr glücklich war ...«

Sie legte den Kopf mit der perfekten Föhnfrisur zur Seite und zog ein wenig die Augen zusammen.

»Ja, er hatte viele Termine, die plötzlich immer sehr lange dauerten, oder er fuhr abends noch einmal ins Büro, um Akten zu holen. Einmal ist er um ein Uhr morgens gekommen mit einem Kaffee von *Tim Hortons*. Er hasst diesen Kaffee eigentlich. Er legte sich eine neue Kreditkarte zu, für »geschäftliche Ausgaben«. Es hätte ja ein Abenteuer sein können, ein Techtelmechtel ohne weitere Bedeutung, ich glaube, das hätte ich verstehen können, das hätte ich gerade so geschafft. Aber er hat sich für sie entschieden, und das macht mich kaputt. Er war bereit, ihretwegen alles stehen und liegen zu lassen, achtundzwanzig Lebensjahre hat er für eine dreißigjährige Göre weggeworfen, dabei wusste er, dass er mich damit umbringen würde. Ich bin so naiv, so furchtbar naiv, ich dachte immer, so etwas würde mir nie passieren. Ich weiß, das sagen alle, aber ich habe das wirklich geglaubt, ich war ganz fest davon überzeugt ...«

»Warum?«

»Weil ich immer dachte, dass Frauen, denen so etwas passiert, es irgendwie verdient haben, jedenfalls ein bisschen ... ich bin ja so blöd, vielleicht habe ich im Grunde verdient, was mir passiert ist, ich dachte, ich stünde dadrüber.«

Sie machte sich keine Notizen. Ich gab vermutlich dieselben Dummheiten von mir, denselben Quatsch, den alle Frauen redeten, die auf ihrer Couch landeten und verzweifelt waren. Ich erfand den Schmerz nicht neu, ich erlitt ihn bloß zum ersten Mal selbst. Meine Ängste und meine Überlegungen waren dieselben, dafür brauchte man keine Tinte zu verschwenden, da hatte sie schon recht. Immer wieder dasselbe. Immer wieder derselbe Scheiß.

»Ich dachte immer, dass die Bewährungsproben des Lebens uns stärker gemacht, uns einander näher gebracht hatten, aber jetzt glaube ich, sie haben uns nur geschwächt ... Vielleicht ist es nicht gut, den anderen zu genau zu kennen. Immer dieselben alten Geschichten, dieselben Verrücktheiten, Fehler, die immer schwerer wiegen ... Ich weiß, dass ich ihm manchmal auf die Nerven gegangen bin. Ich weiß nicht, was zuerst kommt, verliebt man sich in jemand anderen, weil man genug von seiner Frau hat, oder verliebt man sich vorher und hat erst dann genug von ihr? Das Ei oder das Huhn. Ich schäme mich, das ist seltsam, er lässt mich im Stich, und ich schäme mich. Ich habe den Eindruck, dass alle mich ansehen, als hätte ich die Pest, ich bilde mir ein, die Leute denken, dass Jacques seine Gründe hatte, um mich fallen zu lassen, dass ich langweilig oder unerträglich gewesen sein muss. Vielleicht hat er sich ja nur wegen der Kinder zusammengenommen, wollte bleiben, bis sie aus dem Haus waren. Charlotte war gerade ausgezogen, das kann kein Zufall sein … Ich schäme mich und fühle mich schmutzig, abends nehme ich immer heiße Bäder und reibe danach meine Haut, als müsste ich eine Schicht entfernen, aber es geht nicht weg.«

Ich kratzte mich am Arm, sah auf die Uhr: Wir waren schon dreizehn Minuten über die Zeit.

»Es tut mir leid, immer musst du dir dieselben Geschichten anhören.«

»Deine Wunden sind noch ganz frisch. Hättest du dir den Arm gebrochen, täte es auch nicht weniger weh, nur weil du wüsstest, dass sich Millionen Leute auch ihren Arm gebrochen haben.«

»Da hast du auch wieder recht.«

KAPITEL 8

in dem ich mich an die Freuden meiner Kindheit erinnere.

Zu glauben, dass ich selbst schuld an meinem Schicksal war, hatte auch mit Claudine und dem, was ich bei ihr beobachtete, zu tun. Ihre Töchter machten ihr die Hölle heiß, als müsste sie für die Sünden der ganzen Menschheit aufkommen. Wie oft bei solchen Geschichten weigerte sie sich, Philippe schlecht dastehen zu lassen oder ihm irgendetwas vorzuwerfen. Er hingegen lastete ihr alles Mögliche an, um seinen Weggang zu rechtfertigen, und zwar so böswillig, wie man es sich nur vorstellen kann. Es fehlte nicht viel, und er hätte ihr auch noch den Klimawandel zum Vorwurf gemacht.

Claudine war besonnen und hielt sich an der Gewissheit fest, ihre Kinder würden früher oder später begreifen, welches Spiel zwischen ihren Eltern getrieben wurde, und eines Tages bereuen, dass sie sich ihr gegenüber so unfair verhalten hatten. Bis zu diesem gesegneten Tag trampelten ihre Töchter auf ihren Nerven herum. Selbst in meiner Gegenwart benahmen sie sich schlecht, ganz als sei ich ein Möbelstück, das nichts mitbekam. Sie waren dreizehn und sechzehn und erinnerten mich an Nellie, das kleine Biest aus der Serie *Das kleine Haus in der Prärie.*

»Wo sind meine Leggins?«, fragte Laurie.

»Auf der Leine in der Waschküche.«

»Wirklich?«

»Sieh doch nach.«

»Bestimmt sind sie da nicht.«

»Mach deine Wäsche doch selbst, dann weißt du auch immer, wo alle deine Sachen sind.«

»Leck mich!«

Dann ging sie wieder und verzog mürrisch das Gesicht. Sie hätte wirklich ein paar Tritte in den Hintern verdient.

»Laurie, komm sofort zurück!«

»Ich hab keine Zeit, ich muss ja meine Wäsche suchen.«

»Komm her, sofort!«

»Nein, ich hab genug von deinem doofen Gemecker!«

»Na gut, dann bleibst du heute Abend zu Hause. Verstanden?«

»Ist mir doch egal, was du sagst! Ich bleibe nicht zu Hause.«

»Wenn du nur einen Fuß raussetzt, kündige ich sofort dein Handy-Abo.«

»Wenn du das machst, rufe ich Papa an. Dann streicht er dir den Unterhalt. Er bezahlt ja sowieso mein Abo und nicht du.«

»Der dummen Göre werd' ich's zeigen!«

Adèle, die Jüngere, kam mit Leidensmiene in die Küche. Sie schleppte sich zu einem Stuhl und ließ sich darauffallen. Hätte sie nicht den weiten Pullover angehabt und die blauen Strähnen im Haar, wäre sie glatt als Kriegsflüchtlingskind, das seit Wochen zu Fuß unterwegs war, durchgegangen. Sie legte den Kopf auf ihre Arme.

»Mir ist so langweilig.«

»Ruf doch mal Léa an!«

»Sie ist bei ihrem Vater, am anderen Ende der Welt.«

»Und Noémie?«

»Hab keine Lust auf die.«

»Warum?«

»Weil ihre kleine Schwester uns nicht in Ruhe lässt.«

»Dann lad sie doch zu uns ein.«

»Nein, hier ist es zu eng.«

Beim Vater der Mädchen gab es einen ausgebauten Keller mit Schwimmbad, Sauna, jeder Menge elektronischer Geräte, Bildschirme an den Wänden, um Filme anzusehen wie in *Fahrenheit 451*.

Claudine trank ihr halbes Glas Weißwein in einem Zug aus. Sie hätte etwas Stärkeres brauchen können.

»Und die Sachen, die wir dir letzte Woche gekauft haben, um Mandalas zu malen?«

»Da hab ich keine Lust mehr drauf.«

»Dann fahr ein bisschen Fahrrad, es ist schönes Wetter.«

»Uhh, auf keinen Fall!«

»Du könntest mir ein neues Freundschaftsarmband machen, ich hab meins verloren.«

Verloren war gut gesagt. Das letzte, das Adèle ihr gemacht hatte, war orange und braun mit ein ganz bisschen Grün. Sehr hässlich, und es war irgendwann gerissen.

»Du könntest mir ein schönes machen, in Schwarz und Rot mit hübschen Motiven.«

»So was wie Armbänder machen nur Babys.«

»Na, wenn das so ist, dann geh ein bisschen im Park spazieren.«

»Du willst ja bloß, dass ich euch in Ruhe lasse.«

»Ich möchte nur, dass du dich mit irgendwas beschäftigst, dass du etwas mit deinem Leben anstellst, anstatt immer nur rumzuhängen.«

»Ich hab nichts zu tun.«

»Dann leg dich ins Bett, dann geht die Zeit schon rum. Du siehst sowieso aus, als ob du völlig am Ende wärst.«

»Keine Lust.«

Ich leerte mein Glas in einem Zug und reichte es Claudine, damit sie merkte, dass ich auf ihrer Seite war. Wenn der Feind in die Küche kommt, muss man sich mit dem rüsten, was man hat.

»Komisch, als ich so alt war wie sie, habe ich mich eigentlich nie gelangweilt.«

»Da hast du Glück ...«

»Ich habe eine Idee, was du mit Noémie machen könntest.«

»Hm.«

»Diane, habt ihr damals auch Telefonstreiche gemacht?«

»Na und wie!«

»Das ist ganz einfach. Ihr nehmt das Telefonbuch und ruft bei irgendwelchen Leuten an.«

»Das Telefonbuch?«

»Na, dann suchst du eben im Internet. Du rufst

Leute an, die du kennst oder auch nicht, Jungen aus der Schule zum Beispiel, und dann tust du, als ob du ein anderes Mädchen aus der Schule wärst und redest irgendwelchen Mist.«

»Wir haben früher Pizza an die Adresse unserer Lehrer bestellt.«

»Wirklich, Pizza?«

»Das ist total blöd.«

Wir kramten all unsere guten Ideen von früher heraus. Aus der Zeit, in der man noch nicht dauernd mit seinem Ego geprahlt hat. Das hat die Kommunikation unter Jugendlichen völlig verändert. Heute amüsieren sie sich damit, möglichst viel von sich preiszugeben, bei unseren Spielen aber kam es hauptsächlich darauf an, möglichst unerkannt zu bleiben.

»Ihr könntet Eier auf die Dächer der Gartenhäuschen anderer Leute werfen, auf einem heißen schwarzen Dach werden sie gleich gebraten.«

»Auf Autos ist das lustiger.«

»Oder Wasserbomben von der Brücke werfen.«

»Oh ja!«

»Das macht total Spaß. Wenn die Polizei kommt, stellst du dich dumm und sagst, du hast das auf YouTube gesehen.«

»Was auch gut geht, ist die Sache mit dem Fünfdollarschein. Man legt ihn auf den Bürgersteig, an einer Angelschnur festgemacht. Du kannst einen von mir haben. Wenn Leute kommen, um ihn aufzuheben, zieht man ihn schnell weg. Du wirst sehen, das ist urkomisch.«

»Das erinnert mich an die Sache mit den Abdrücken.«

»Kenne ich nicht.«

»Wirklich nicht? Auch das ist echt witzig. Du machst deine Unterhose nass und setzt sich dann auf den Bürgersteig, um Abdrücke von deinem Po zu machen.«

»Dann gibt es auch noch die Sache mit der braunen Tüte.«

»Ach das.«

»Du tust Kacke in eine Papiertüte und legst sie bei jemandem, den du nicht leiden kannst, vor die Tür. Aber mach das bloß nicht bei uns, selbst wenn ich dich nerve! Also, jedenfalls steckst du, bevor du klingelst, die Tüte an, dann versucht der, der die Tür aufmacht, das Feuer zu löschen, indem er drauftritt, na ja, den Rest kannst du dir vorstellen.«

»Mit Klebeband haben wir uns an Schildern abgearbeitet, die Straßennamen verändert, »Parken verboten« wurde »Verbieten verboten«, aus den dicken Pfeilen haben wir Penisse gemacht. Das war ziemlich einfach.«

»Ihr spinnt beide total.«

»Warte, wir haben noch viele andere Ideen! Frösche! Man steckt sie an und irgendwann platzen sie, das ist sehr lustig!«

»Ich gehe jetzt zu Noémie.«

»Ach, schade. Wir hätten gerne mit dir ein paar Eier geworfen ...«

Da kam Laurie an uns vorbei, in engen, noch nicht ganz trockenen Leggins.

»Wo gehst du hin?«

»Irgendwo.«

»Du hast Hausarrest!«

»Da scheiß ich drauf.«

Als sie die Tür zuwarf, klingelten die Gläser auf dem Geschirrständer. Claudine stand ruhig auf, nahm ihr Telefon und suchte nach einer Nummer.

»Guten Tag, ich möchte einen Vertrag aussetzen, der über mein Konto läuft. Ich habe einen Familientarif und möchte die Nummer meiner Tochter sofort sperren. Claudine Poulin ist mein Name. Können Sie das Handy meiner Tochter unabhängig von meinem sperren? Ja, auf unbestimmte Zeit. Der Grund? Dreistigkeit, schlechtes Benehmen. Konflikt? Ja, kann schon sein.«

Sie legte gerade in dem Moment auf, als Adèle mit einer kleinen Umhängetasche über der Schulter in die Küche kam.

»Sag Bescheid, wenn euch langweilig wird, meine Süße.«

Die Tür schlug zu. Claudine rieb sich die Hände.

»Komm, wir gehen ein bisschen nach draußen.«

»Wohin?«

»Egal wohin, das ist besser, als hierzubleiben.«

»Wir haben zu viel getrunken, um Auto zu fahren.«

»Ganz in der Nähe ist ein kleiner Pub.«

»Sind wir nicht ein bisschen zu alt für so etwas?«

»Nein, da sind immer viele Leute in unserem Alter.«

»Okay. Vergiss dein Handy nicht.«

»Ich nehme das blöde Ding nicht mit.«

Als wir herauskamen, rief die Nachbarin nach ihrer Katze: »Miez, Miez, Miez, komm zu mir, komm, kleines Baby, komm zu Mama!«

So weit konnte es kommen, wenn man einsam war. Eigentlich sah die Frau nicht anders aus als wir.

»Ich weiß, was du denkst.«

»Was?«

»Über die Mädchen.«

»Nein, ich denke gar nichts. Ich weiß doch, wie sie in der Pubertät sind, meine waren auch mal so.«

Durch das, was ich gerade in Claudines Haus erlebt hatte, schoss kurz der Gedanke, Jacques anzurufen und ihm dafür zu danken, dass er mich erst weggeworfen hatte wie eine alte Socke, als die Kinder schon aus dem Haus waren, in meinen Kopf.

»Die Mädchen sind sauer, zwei Wohnungen in zwei Städten, dass macht sie fertig.«

»Gehen sie mit Philippe auch so um?«

»Ich glaube schon. Letzte Woche hat er zu Laurie gesagt, wenn sie sich seiner neuen Blonden gegenüber nicht besser benähme, wäre es klar, für welche von beiden er sich entscheidet.«

»Das hat er sicher nicht gesagt.«

»Laurie hat vielleicht ein bisschen übertrieben, so widerspenstig, wie sie gerade drauf ist. Er hat mir schon gesagt, er überlegt, sie sich ›vom Hals zu schaffen‹, damit sie ›zu leben lernt‹. Er kommt nicht auf die Idee, dass es seine Aufgabe ist, ihr das beizubringen, der verdammte Idiot! Monsieur will sie einfach nicht mehr sehen.«

»Das kann er doch nicht machen!«

»Doch, was Philippe will, das kriegt er auch.«

»Und du?«

»Was kann ich schon tun? Ihr sagen, dass ich auch nichts mehr mit ihr zu tun haben möchte? Und ihr damit noch einen Grund mehr geben, mich zu hassen? Nein, nein, ich kriege es für uns beide ab. Bei ihrem Vater muss sie immer guter Laune sein, als braves Kind einer neuen Familie. Dass die Kinder wütend sein würden, damit hat er nicht gerechnet. Er ist der Meinung, er hätte sich nichts vorzuwerfen und bei ihm wäre alles super.«

»Würde Adèle ihren Vater allein besuchen?«

»Das würde mich wundern. Wenn Philippe erfährt, dass die Schule kurz davor ist, sie rauszuwerfen, wird er ihr eine Strafe androhen und so etwas sagen wie ›Ich werfe dich auch raus, aber es ist zu deinem Guten, mein Kind. Komm erst wieder, wenn du gelernt hast, dich richtig zu benehmen.‹«

»Was hat sie denn für Probleme in der Schule?«

»Sie ist faul. Adèle ist so bequem, wie Laurie wütend ist. Wenn man dreimal durchfällt, werfen sie einen raus, es sei denn, man spendet eine ordentliche Summe für die Fußballmannschaft.«

»Mir wird ganz schlecht.«

Die Bar war rappelvoll mit Leuten, die gesellig über ihren Gläsern hockten. Die Atmosphäre war drückend, es roch nach einer Mischung aus Körpergeruch und vergorener Flüssigkeit, welche hier in kleinen Schlucken getrunken wurde, um die Misere der soeben zu Ende gegangenen Woche auszublenden.

Wir setzten uns an den Tresen, hinter dem ein Mädchen, Typ Model mit Schmollmund, und ein voll tätowierter Mann, Typ Holzfäller-Look, auf und ab gingen. Meiner Erinnerung nach hatte die Mode zuletzt in den 80er-Jahren solch diktatorische Vorgaben gesetzt. Alle tätowierten Arme sehen gleich aus.

Im Spiegel vor uns sah man, wie sich die Menge hinter unserem Rücken zulaufen ließ. Sie waren alle jünger als wir, viel jünger sogar. Claudine hatte »Leute in unserem Alter« gesagt, um mich anzulocken, und damit in Wirklichkeit alle gemeint, die schon Alkohol trinken dürfen.

Als der Barmann sich uns endlich zuwandte, schob er sein bärtiges Kinn mit einer kleinen Bewegung nach oben, was so etwas bedeuten sollte wie »Guten Abend, Ladys, was darf's sein?« Niemand hält sich heute mehr mit Höflichkeiten auf, die Zeit ist zu kostbar. Claudine hob zwei Finger und sagte »Weiß«. Sehr effizient.

Wir sprachen über Gott und die Welt, ließen unsere Gläser unzählige Male nachfüllen, dazu hoben wir die Finger in die Luft, wie um zu sagen »mehr davon«. Wir dachten uns ein paar neue Gesetze aus, die alles andere als revolutionär waren, beklagten uns heftig über unsere Ex-Männer, zogen über zwei oder drei komplett unfähige Kollegen her, wir entwickelten die Grundlagen eines neuen philosophischen Denkens – in Abgrenzung zu Heidegger –, und wir weinten leise über unsere Leben mit all ihren Enttäuschungen.

Wie jeden Abend, seit Jacques gegangen war, bekam ich eine SMS von Antoine, der sich vergewissern wollte, dass es mir gut ging. Heute log ich ausnahmsweise mal nicht. »Sehr gut, mein Lieber. Ich bin bei Claudine, Kuss, Mama.« Ich weiß, man braucht SMS nicht zu unterschreiben, aber ich schreibe gern das Wort »Mama«.

Ich hatte ein bisschen zu lange gewartet, bis ich zur Toilette ging, im Stehen war ich mir nicht sicher, ob ich alles zurückhalten konnte. Ich suchte mir ein paar Neuronen, die nicht zu sehr im Alkohol schwammen, um den Mut aufzubringen, mich in die Schlange zu stellen, die sich vor der Damentoilette dieser super angesagten Kneipe gebildet hatte. Ich kniff alles, was ging, zusammen, um mich hier nicht völlig zu blamieren.

Als ich endlich dran war, tat ich so, als ob ich es überhaupt nicht eilig hätte, es dauerte ja nur anderthalb Sekunden länger, und ich wollte den jungen Mädchen hier zeigen, dass Frauen meines Alters sich im Griff haben. Erst im letzten Moment sah ich, dass die Toilette verstopft war. Mir blieb nichts übrig, als auch noch meinen eigenen Senf dazuzugeben, meine Blase war kurz davor zu platzen. Ich setzte mich nicht richtig hin, um mir nichts einzufangen. Eine Dixi-Toilette auf einem einsamen Feld wäre mir in diesem Moment lieber gewesen.

Wie die anderen vor mir kam ich heraus, als ob nichts wäre, und wich dem Blick der nächsten Person aus. Es war so viel Papier darin, dass ich es allein nicht gewesen sein konnte. Ich hatte es nur ein bisschen schlimmer gemacht, was kein Vergehen ist. Aber auch keine Entschuldigung.

Als ich wieder an meinem Platz war, erzählte ich Claudine alles, und wir lachten uns schlapp.

»Wie kann man das wieder freibekommen?«

»Bei der Menge geht es vermutlich nur mit der Axt.«

Da klingelte mein Telefon.

»Ich gehe nicht dran, ich kenne die Nummer nicht.«

»So mache ich es auch immer.«

»Ach deshalb läuft es bei uns mit dem Telefonieren so schlecht!«

Beim fünften Anruf ging ich doch ran, bereit, dem aufdringlichen Störenfried die Meinung zu sagen.

»Ja?«

»Wo seid ihr?«

»Wer ist da?«

»Laurie.«

»Laurie?«

Claudine schlug sich mit der Hand an die Stirn.

»Oje, die kleine Prinzessin muss ganz schön in der Patsche sitzen!«

»Wo seid ihr?«

»Wir sind etwas trinken gegangen.«

»Wo?«

»Bei *Ti-Louis.*«

»Nein, sag es ihr nicht!«

Sie hatte aufgelegt.

»Tut mir leid.«

»Sie wird sicher hier auftauchen. Freitagabend ohne Telefon, das ist schon krass.«

»Du glaubst, sie kommt hierher?«

»Um was wetten wir?«

»Sie hat sich vielleicht Sorgen gemacht, weil wir nicht gesagt hatten, wo wir hingehen.«

»Sorgen? Von wegen.«

Claudine lachte immer noch, als ich Laurie schon im Spiegel der Bar entdeckte.

»Wir kriegen Besuch.«

Sie kam auf uns zugeschossen, teilte die Menge wie eine Schwimmerin. Vor ihrer Mutter hielt sie an. Ich warf schnell einen Blick auf ihre Hände, um sicher zu sein, dass sie darin kein stumpfes Gerät wie einen Ziegelstein oder einen Briefbeschwerer hielt.

»Warum hast du dein Telefon nicht dabei?«

»Ich wollte nicht, dass du mich anrufst und meckerst. Du hast gewusst, dass du Hausarrest hattest.«

Claudine sprach eher lallend als deutlich. Ich lächelte selig, um Laurie zu zeigen, dass ich auf der Seite ihrer Mutter war, im selben Boot, für dasselbe Verbrechen verantwortlich.

»Du musst nach Hause kommen, Mama.«

»Nein, ich bleibe hier. Weil mir hier keiner auf die Nerven geht.«

Claudine hielt sich an ihrem Glas fest. Gleich würde der Sturm losbrechen, das spürte man. Der goldene Wein schwappte im Glas hin und her.

»Bist du sauer wegen deines Telefons, meine Süße?«

»Dein Bruder will mit dir sprechen.«

»Was? Mein Bruder? Der Idiot? Dann muss er in der Scheiße stecken.«

»Komm.«

»Hast du mit ihm gesprochen?«

»Komm.«

»Sag mir, was passiert ist.«

»Nicht hier.«

»Sonst komme ich nicht.«

»Dein Vater ist tot.«

Seit ihrer Scheidung hatte Claudine nicht mehr mit ihrem Vater gesprochen. Er war der Meinung, sie, die »kastrierende« Frau, sei an allem schuld. In der Macho-Denkweise waren immer die Frauen dafür verantwortlich, dass eine Ehe kaputtging. Er gehörte einer Generation an, in der allein die Männer das Sagen hatten, und erkannte nicht, wie rückständig seine Ansichten waren. Im Gegenteil, er versäumte keine Gelegenheit, noch eins draufzusetzen, und erklärte, Mutter Natur sei für die Abwege der Männer verantwortlich: Sie hätten einen Antrieb, sich bis ans Ende ihres Lebens fortzupflanzen, im Gegensatz zu den Frauen, die schon lange vor ihrem Tod austrockneten, was sie vor den Qualen der Lust bewahrte. Was für ein angenehmer Mensch, der auch noch mit der Biologie argumentierte. Aber er war ihr Vater. Ihre gemischten Gefühle aus Liebe und Hass vertrugen sich nicht gut mit dem Alkohol, so sagte sie nur:

»Dass er mich bis zum Tod nerven musste, der alte Mistkerl.«

Ihr Bruder André war ein ebenso unangenehmer Zeitgenosse. Er tyrannisierte seine Umgebung und litt an jeder Menge Krankheiten: Selbstbezogenheit, Narzissmus, Gotteskomplex, Mythomanie, Großsprecherei, Verschwendungssucht, Verlogenheit und so weiter. Claudine hatte ihm schon mehrfach wegen irgendwelcher Schulden aus der Patsche geholfen. Irgendwann hatte sie ihn dann seinem Schicksal überlassen, sonst wäre sie mit ihm untergegangen. Da der Tod immer die Aasgeier anzieht, trat er jetzt wieder in ihr Leben.

Wir gingen in strömendem Regen nach Hause, ganz langsam, und ließen uns nassregnen. Claudine setzte sich ganz und gar den niederprasselnden Fluten aus: ihr Haar, ihre Kleider, ihr Gemüt. Laurie sagte kein Wort wegen des Telefons. Sie hakte sich sogar bei ihrer Mutter ein, um ihr beim Gehen zu helfen. Vielleicht war ja ihre Pubertät bald vorbei. Wir konnten es nur hoffen.

KAPITEL 9

in dem ich wie Rocky schreie: »Charlèèène!«

Die schöne Charlène meines schönen Jacques wollte mich kennenlernen, wollte mit mir von Frau zu Frau sprechen, bla, bla, bla. Sie wollte eine Art Sühneshow abziehen. Im Kino, in der Literatur, besonders in den Chiclit-Romanen wimmelt es von Szenen der Selbstgeißelung, in denen bildschöne, zu junge, immer etwas dümmliche Geliebte Geständnisse ablegen, die so echt sind wie ihre falschen Brüste. Sie wollen die Vergebung der verlassenen Frau erlangen, damit sie kein schlechtes Gewissen mehr zu haben brauchen und so das neue Leben mit dem Mann, der ihnen nun ganz zur Verfügung steht, in vollen Zügen genießen können. Sie hätte sich sicher gewünscht, dass ich ihr zuhörte und anerkannte, dass sie nicht schuld sei, dass da eine stärkere Macht gewesen sei und sie beide nun in einer alchemistischen Symbiose vereint seien, die alle Versprechen vergangener Zeiten überwinde – das heißt, sie ungültig mache.

Niemals würde das passieren. Ihr Wortschatz war nicht groß genug, um komplexe Ideen zum Ausdruck zu bringen, und ich würde den beiden nie das Geringste verzeihen. Auch wenn ich mich nicht zu rächen versuchte, machte es mir Spaß, meinen Hass und meinen Schmerz abstrakt auf sie zu projizieren.

Ich war nur bereit, Charlène zu treffen, weil sie mir am Telefon zugeraunt hatte, sie habe Jacques nichts davon erzählt, denn er würde es nie zulassen. *»Top secret«*, sagte sie in ihrem besten Englisch zu mir. So hatte ich die Gelegenheit, Jacques mit seiner eigenen Geliebten zu hintergehen – allerdings ohne Körperkontakt oder jedenfalls beinahe. Ich hoffte, sie würde mir Dinge sagen, die ich auf andere Weise nicht erfahren konnte, sie bot mir die Chance, den Zyklon von innen zu betrachten.

Charlènes Geheimnisse

Sie trug keine hohen Absätze und auch kein elegantes Kopftuch wie Brigitte Bardot, sondern locker sitzende Kleidung, damit ich merkte, dass sie als Freundin kam und ich, wenn ich wollte, auch ein bisschen über sie lachen durfte. Zugegeben, ich fand das recht großzügig von ihr. Ich hatte damit gerechnet, dass sie in Dienstkleidung anrückte – in strengem Hosenanzug, passenden Schuhen, mit elegantem Schmuck –, aber sie spielte die Karte Natürlichkeit und trug graue Baumwolle, einfache Sandalen und kein Make-up. Jemanden, der so zurückhaltend gekleidet ist, kann man nicht leicht angreifen, denn er befindet sich ja sowieso schon halb am Boden. Gerichtsvollzieher und Politessen sollten sich ernsthaft überlegen, ob sie sich nicht auch so anziehen wollen.

Ich hatte sie nach Hause auf meine Terrasse eingeladen, damit sie hemmungslos weinen und mir in aller Freiheit all ihre Dummheiten sagen konnte – im Restaurant hätte das peinlich werden können. In der Nacht zuvor hatte es geregnet, und so hatte ich zwei Stühle trocken gewischt. Als sie ankam, bat ich ihr aus Versehen einen dritten, den nassesten von allen, an. Sie trug ja keine beigefarbene Leinenhose, wie ich erwartet hatte, aber sie hatte sofort gut zu erkennende Ringe um den Hintern. Ich entschuldigte mich gleich und gab ihr den richtigen Stuhl. Sie begann sofort in heiterem Ton mit Komplimenten.

»Es ist schön bei dir.«

»Danke.«

»Die Terrasse ist sehr hübsch angelegt.«

»Das hat Jacques gemacht. So etwas müsste er bei dir eigentlich auch schaffen können.«

»Und was für eine schöne Terrasse ihr beide habt!«

»Ich habe sie, nicht wir.«

»Ja, ja, tut mir leid.«

»Ein Freund von Jacques, Mr Nelligan, hat sie für uns gemacht.«

»Ah, das merke ich mir.«

Dumme Ziege. Ich hätte ihr am liebsten gleich den Inhalt der Wasserkaraffe, die ich vorsichtshalber auf den Tisch gestellt hatte, ins Gesicht geschüttet – ohne Gläser, denn ich wollte sie ja damit nass machen. Das Vergnügen, das ich bei dieser Idee gehabt hatte, verringerte sich angesichts ihres wenig gepflegten Aufzugs.

Es kam mir sogar wie Verschwendung vor, zwei Liter kaltes Wasser zu verschütten, wenn dabei weder eine Dauerwelle noch ein Ledergewand oder ein sorgfältiges Make-up zerstört wurden.

»Wenn du wüsstest, was es mich kostet, heute zu dir zu kommen.«

Dann brach sie in Tränen aus. Sie riss die Augen auf und tat, als trocknete sie sie mit dem Handrücken. Faszinierend. Charlène Dugal weinte wie eine dicke Kuh auf meiner sorgfältig angelegten Terrasse. Ich hatte darauf ebenso Lust wie auf fermentierten Hering. Ich hütete mich, ihr mitleidig eine Hand auf die Schulter zu legen, ich hätte sie dann wohl erwürgt.

»Charlène, wir hatten ausgemacht, wir plaudern etwa eine halbe Stunde. Sag mir, was du zu sagen hast.«

»Oh, Entschuldigung! Es tut mir leid. Ich wollte dir vor allem sagen, dass ich dich verstehe, dass ich nicht wollte, was passiert ist. Was du gerade durchmachst, habe ich selbst auch schon erlebt …«

Was sie erlebt hatte, interessierte mich nicht die Bohne, selbst wenn es in den Abendnachrichten ausgestrahlt worden wäre. Ich wollte wissen, wie der Stand der Dinge mit Jacques war, welche Pläne sie hatten. Denn jedes Mal wenn ich versuchte, herauszufinden, was er vorhatte, verwandelte er sich in einen glitschigen Fisch. Er redete über alles mit großer Zurückhaltung, wich mir aus, umhüllte alles mit einem grauenvollen Schleier des Geheimnisses, um mich zu schonen, aber auch, um Zeit zu gewinnen. Ich konnte es mir nicht verhehlen, unter der Schicht Bitterkeit in meiner Seele war noch so etwas wie Hoffnung, ähnlich wie Mut am Rande eines Abgrunds, und ich wünschte mir, dass Jacques zurückkam. Es war letztlich ein Leugnen, um zu überleben. Dieses Leugnen bot mir Schutz, doch zugleich wusste ich, wie lächerlich es war.

»Ich möchte, dass du weißt, dass ich ... *schluchz* ... *schluchz* nicht wollte, was passiert ist ...«

Danach erfuhr ich etwas über ihre Geschichte, in abgehackten, von Tränen getränkten Sätzen, die ich kaum verstehen konnte. Doch konnte ich die Tatsachen rekonstruieren, die das Schicksal ihnen gewährt hatte: Zufall, Verletzlichkeit, Cocktails, Kongresse, Hände, Verlegenheit, Überraschung, Schuldigkeit, nein, ja, vielleicht, Herz, Ehe, Liebe, Respekt, Leben, Blitzschlag, Chemie (diese verdammte Chemie!). Ihre Schilderungen waren immer wieder unterbrochen durch »Verstehst du, was ich meine?«, was dem Ganzen wohl eine humane Note verleihen sollte. Zusammenfassend kann man sagen, dass sie schon einige Zeit vor unserer Trennung die Geliebte von Jacques geworden war. Genau so, wie ich vermutet hatte, vielen Dank.

Da sie nicht aufhörte zu schluchzen und kaum noch ein- und ausatmen konnte vor lauter Schleim, ich ihr aber in keiner Weise zu Hilfe kam, sagte sie, sie müsse auf die Toilette. Sie hielt sich eine Hand vors Gesicht und bedeutete mir mit der anderen, ich solle sitzen bleiben, was ich dann auch tat. Sie ging hinein und ohne Zögern nach links, als sei sie hier zu Hause. Ich versuchte, das Kopfkino abzuschalten – sie war sicher schon hier gewesen –, um mir nicht den Spaß zu verderben, mir vorzustellen, wie sie dort zurechtkam. Ich hatte nämlich vorsorglich jegliches Papier, auch Taschentücher und sogar Tampons entfernt, alles, womit man sich Tränen, Speichel, Urin oder noch besser Kot hätte abwischen können. Sie würde ihren kleinen Knackarsch an der Duschkabine abreiben müssen. Ihre Handtasche hatte sie neben ihrem Stuhl stehen lassen, eigene Taschentücher hatte sie also auch keine dabei.

Als sie wiederkam, schien sie sich trotz allem gefasst zu haben. Auf einmal hatte sie es zu eilig, um unser Treffen, das sie sich so gewünscht hatte, fortzusetzen.

»Ich glaube, ich gehe dann.«

»Jetzt schon? Wir hatten doch noch gar keine Zeit, richtig zu plaudern.«

»Ich muss wirklich los.«

Ich konnte sie jetzt kaum noch ertragen, sie bewegte sich hektisch, wich meinen Blicken aus, redete abgehackt, versuchte, ihre Klamotten glatt zu streifen. Offensichtlich trug sie nur selten so legere Sachen. Mit welchem Teil sie ihre Tränen getrocknet hatte, konnte ich nicht erkennen. Sie hatte wahrscheinlich einfach ordentlich ins Waschbecken gerotzt und dann alles weggespült. Ich war froh, dass sie wegwollte, ich hätte mich sonst irgendwann auf sie gestürzt. Ich hasste sie aus tiefstem Herzen, weniger weil sie mir den Mann weggenommen hatte als dafür, dass sie sich von einer Schuld befreien wollte, die Schatten auf ihr gegenwärtiges Glück warf. Als hätte sie vergessen, dass genau dies der Grund meines Unglücks war. Sie hatte mir alles genommen und verlangte jetzt noch, dass ich ihr mithilfe von ein paar Tränen und geheuchelter Aufrichtigkeit den inneren Frieden zurückgab. Sollte sie sich ihre Aufrichtigkeit doch in den Arsch schieben.

»Warst du oft hier?«

»Hier, was meinst du damit?«

»Hier, bei mir, früher bei uns. In meinem Haus, früher unserem Haus ...«

»Was willst du damit sagen?«

»Du wusstest, wo die Toilette ist.«

»Das ist doch nichts Besonderes, alle Häuser sind gleich.«

»Nicht alle.«

»Irgendwie schon.«

»Du hast keine Sekunde gezögert.«

»Ich gehe jetzt besser, das wird mir hier langsam zu unangenehm.«

»Ich begleite dich zur Tür.«

Als ich aufgestanden war, spürte ich, dass der Moment gekommen war. Die beigefarbenen Ledersitze ihres Mini Coopers würden sich freuen. Ich goss ihr schwungvoll alles kalte Wasser auf den Rücken und gab nicht mal vor, dass es aus Versehen passiert war. Sie schrie laut auf und rannte davon. Wahrscheinlich fürchtete sie, dass ich ein Dutzend Eier unter dem Tisch versteckt hatte. Schade, dass ich daran nicht gedacht hatte.

Das Auto brauste staubaufwirbelnd davon. Um das Ende unserer freundlichen Konversation zu bekräftigten, rief ich ihr nach: »Du hast es nicht anders verdient!«

Dann stellte ich mir kurz vor, was es für ein Gefühl sein musste, mit durchnässten Klamotten im Auto zu sitzen. Das Wasser würde den Ledersitzen sicher nicht guttun. Ich beglückwünschte mich, mit dem bisschen Wasser so viel Schaden angerichtet zu haben.

Eine Weile blieb ich vor dem Haus stehen, den leeren Krug in der Hand, voller Adrenalin und kurz davor zu explodieren. Madame Nadaud, die sich hinter ihrer Wohnzimmergardine versteckt zu haben glaubte, freute sich an dem improvisierten Schauspiel, das direkt vor ihren Augen geschah. Ich grüßte sie, aber sie erwiderte meinen Gruß nicht. Dann hätte sie schließlich zugegeben, dass sie alles mitangesehen hatte. Und dann schrie ich für sie und alle heimlichen Zuschauer in den Fensternischen ihrer adretten Häuschen lauthals: »DAS IST DIE GELIEBTE VON MEINEM MANN, CHARLÈÈÈNE! MIT IHR IST JACQUES DURCHGEBRANNT. SCHÖNER KLEINER HINTERN, ODER?«

Ich wartete auf eine Reaktion, aber es kam natürlich keine. Nun war genau der richtige Moment, um meine sündhaft teure Jogging-Ausrüstung auszuprobieren. Ich hatte meine Schuhe, eine große Wut im Bauch, und alles andere würde sich von selbst ergeben.

KAPITEL 10

in dem ich versuche zu joggen.

Nachdem Charlène weg war, ging ich, ausgerüstet wie eine Profi-Läuferin, allerdings ohne GPS-Uhr (»Ich überlege es mir noch«, hatte ich Karim gesagt) in den Park, um zum ersten Mal seit der zehnten Klasse draußen zu laufen. Ich hatte während der Woche vorsichtshalber ein bisschen im Internet nachgelesen. Es würde schon gut gehen, ich sollte nur erst langsam anfangen, nicht übertreiben und genug Wasser trinken. Ich wollte wieder eine gute Figur haben und meinen Kopf von trüben Gedanken befreien.

Nach zwei- oder dreihundert Metern, wie viel genau, ist schwer zu sagen (schon bedauerte ich, dass ich mir die GPS-Uhr nicht gekauft hatte), spürte ich einen heftigen Stich auf der linken Seite. So war es auch schon als Schülerin gewesen (ich hatte daraufhin Kurse zur Entspannung gemacht und fechten gelernt). Ich atmete tief ein und aus und lief weiter, ich hatte gelesen, dass es irgendwann von selbst aufhört. Kurz bevor ich den Kinderspielplatz erreichte, spürte ich einen weiteren, stärkeren Stich, sehr schmerzhaft, diesmal unterhalb der rechten Brust. Ich lief langsamer und hielt nicht an, ich stemmte die Hände in die Hüften und drückte auf die

»Sogar Papa.«

»Was? Er?«

»Er war ziemlich sauer, als er erfahren hat, dass Charlène zu dir gefahren ist.«

»Ich habe ihr erlaubt zu kommen, der heiligen Unschuld.«

»Sie ist nicht unschuldig, nur neugierig, das ist normal.«

»Dann kam sie auch noch in abgerissenen Klamotten, um Mitleid zu erregen.«

Als Charlotte ihren Arm auf meine Schulter legte, kamen mir die Tränen, sie rollten auf meine Wangen wie auf ein Sprungbrett, und dann machten sie den großen Sprung. Ich weinte nicht, mein Kopf befreite sich nur von allem, was ich nicht mehr im Griff hatte.

»Wie geht es denn dir, meine Kleine? Wir reden immer nur von mir.«

»Ziemlich gut.«

»Was ist? Ist etwas Besonderes los?«

»Dom ist wieder aufgetaucht.«

»Wirklich? Ich wusste, dass er wiederkommen würde. Ich hatte es dir doch gesagt, oder?«

»Ich weiß.«

»Und was machst du jetzt?«

»Ich weiß noch nicht, ich glaube, ich lasse ihn ein bisschen schmoren.«

»Aber nur ein bisschen.«

»Das sag ich nur so.«

»Du liebst ihn noch, hast aber Zweifel.«

»Papa sagt, mit seinem Ex neu anzufangen, wäre wie dreckige Strümpfe anzuziehen.«

Ich versuchte, den Gedanken, dass er mich mit dreckigen Strümpfen gleichsetzte, sofort wieder aus dem Kopf zu kriegen. Ich legte aber vorsichtshalber alles, was ich gerade in der Hand hatte, ab.

»Du kannst ihm ja sagen, dass man dreckige Strümpfe waschen kann.«

Jacques würde Dominic nie mögen. Er war ein Künstler, ein bisschen Bohemien, und er würde seine Werte nie anerkennen. Dominics Maslow'sche Bedürfnispyramide stand auf dem Kopf, einen Ingenieur wie Jacques brachte das aus dem Gleichgewicht, denn seine Füße standen fest auf dem Boden der Wirklichkeit. Ohne richtigen Beruf und ohne Geld gab es bei meinem Ex-Mann keine Rettung für Dominic, es blieb bei dem dreckigen Paar Strümpfe, das er darstellte.

»Sag das nicht deiner Großmutter, sie wird dir lange Reden über den idealen Mann halten.«

»Weißt du schon das Neueste?«

»Nein.«

»Großmutter hasst Charlène.«

»Oh, sie bessert sich offenbar im Alter.«

KAPITEL 11

in dem ich die Tierhandlung suche.

»Verletzlich?«

»Ja, aber es ist schwer zu beschreiben. Es ist, als wüsste ich nicht mehr, wie die Dinge laufen.«

»Wovon sprichst du?«

»Ich habe den Eindruck, keine gute Mutter mehr zu sein.«

»Wieso?«

»Ich fühle mich nicht mehr so stark, weniger sicher. Wie ein Stuhl mit drei Beinen.«

Sie zog die Augenbrauen hoch, wie immer, wenn sie mich einlud weiterzusprechen.

»Als Charlotte klein war, drei oder vier Jahre alt, hatte sie für ein Kind ihres Alters furchtbare Ängste. Es fing mit der Tierhandlung an. An einem Abend fuhren wir im Auto nach Hause, und plötzlich fing sie an zu weinen, ohne Grund, wie es schien. Ich sah die kleine Charlotte im Rückspiegel, wie sie in ihrem Kindersitz saß und sich ihre winzigen Fäuste vor die Augen hielt. Ich habe sie gefragt, was los sei. Sie antwortete, sie wisse nicht, wo die Tierhandlung sei. ›Aber warum willst du das denn wissen?‹

›Weil ich eine Katze haben möchte, wenn ich groß bin.‹

›Ich weiß, wo der Tierladen ist, und kann es dir zeigen.‹

Charlotte liebte Katzen und hätte gern eine gehabt, die arme Kleine, aber Jacques wollte nichts davon wissen, er behauptete sogar, eine Allergie zu haben, damit er weniger grausam wirkte. Sie hat sich ein bisschen beruhigt, ich dachte schon, alles wäre gut, aber zwei Minuten später hat sie wieder angefangen zu weinen.

›Was ist los, mein Häschen?‹

›Ich habe doch kein Auto, um in das Tiergeschäft zu fahren.‹

›Ich bringe dich in meinem Auto hin, ich weiß, wo es ist, alles ist in Ordnung, und jetzt weine nicht mehr.‹

Da fing sie wieder an:

›Aber Mama, wir haben doch nur einen Autositz, und ich habe doch dann zwei Kinder.‹«

»Wow!«

»Es fiel mir ehrlich gesagt ein bisschen schwer, nicht zu lachen, ihr Plan schien so ausgefeilt. Ich habe ihr gesagt, wir würden noch mehr Kindersitze kaufen, ich wüsste auch, wo man sie bekommt, ich hätte auch Geld für die Katze, für die Kindersitze und alles, was wir brauchten. Ich wüsste auch, wie man sich um Katzen, Kinder und andere Sachen kümmert. Ich spürte, dass nicht das, was ich redete, sie beruhigte, sondern der Ton, in dem ich es sagte. ›Keine Sorge, Charlotte, ich bin da, ich werde immer da sein, und ich weiß alles, was man wissen muss.‹ Daran habe ich damals keine Minute gezweifelt.«

»Hm.«

»Ich wusste, warum ich dies oder jenes tat, es war so selbstverständlich. Ich hatte einen Plan für meine Zeit als Rentnerin, ich plante Reisen, wusste genau, was wir an jedem Tag der Woche essen, was ich im Frühjahr im Garten pflanzen wollte ... Heute sind alle meine Pläne zerstört, ich kann nicht weiter denken als bis zum Abend eines jeden Tages. Was ich mir vornehme, funktioniert nicht, ich müsste neue Pläne machen, schaffe es aber nicht, mir ist nicht danach, es hat keinen Sinn, am liebsten würde ich mich hinlegen und zehn Jahre nur noch schlafen ...«

»Das ist eine Frage der Zeit, das ist ganz normal.«

»Ich wollte gegenüber meinen Kindern stark sein, ich wollte, dass sie zu uns kommen, wenn sie einen Rat brauchen, ich wollte sie trösten können. Sie sollten sich bei uns ausruhen können, wenn es ihnen mal schlecht geht, oder kommen können, um Spaghetti zu essen ...«

»Und, geht das nicht mehr?«

»Es ist, als hätten sich die Rollen vertauscht. Ich bin zerbrechlich, mir geht es schlecht, ich leide ... Ich bin mir keiner Sache mehr sicher, ich habe das Gefühl, ganz neu anfangen zu müssen, weiß aber nicht, womit, ich weiß nicht mal mehr, wo die Tierhandlung ist ...«

KAPITEL 12

in dem ich etwas erlebe, was zu Twilight Zone passt.

Zu den zehn Dingen, die ich hasse, stehen ganz oben auf der Liste Baby-Shower-Partys, Hochzeiten, Taufen und Beerdigungen.

Die Bestattung von Papa Poulin fand in der Nähe der Autobahn statt, in einer Art Schloss aus Kunststein – die Wände waren Holzkonstruktionen, auf die man falsche Steinfassaden zementiert hatte, und damit alles zusammenpasste, waren die Pflanzen in der Eingangshalle aus Stoff, dabei hätte es dort genügend Tageslicht für echte gegeben.

In Saal B, der für die Poulins reserviert war – »ganz hinten rechts, gleich bei den Toiletten, werte Madame« –, bildeten die Familie, Freunde und Unbekannte kleine Gesprächskreise auf dem Teppichboden mit Spirografie-Motiven in verschiedenen atemberaubenden Violett-Tönen. Ich versuchte, meinen Blick möglichst auf Schulterniveau zu halten.

Die meisten Leute waren schon recht alt und trugen dunkle Kleidung, wie es sich gehört, bis auf eine Frau, die von Kopf bis Fuß in ein Gewand aus smaragdgrünem Glitzerstoff gehüllt war. Sogar ihr Lidschatten passte dazu. Sie lachte und plauderte munter drauflos, bewegte heftig die Arme, während die anderen sich an ihrem Wasserglas festhielten. In diesem grauen Meer war sie ein munterer Fleck. Ich überlegte, wie ich mir meine eigene Beerdigung vorstellte: Die Leute sollten Farben tragen, es sollte eine ganz kleine Feier in einer Bar mit gedämpftem Licht sein, Reden würden verboten, und es sollte allen ein guter Wein ausgeschenkt werden.

Ich ging zu der engeren Trauergemeinde, sie trugen alle eine Anstecknadel mit Möwenmotiv (warum?), und sagte höflich: »Guten Tag, ich bin Diane, eine Freundin von Claudine, mein Beileid.« Diesen Satz wiederholte ich gut zwanzigmal, mehr oder weniger aufrichtig, je nachdem, um wen es sich handelte. André mit seinem heuchlerischen Gesichtsausdruck schenkte ich ein falsches Lächeln und ließ das »mein Beileid« weg. Ich sah nicht ein, dass ich mit ihm irgendwelche Gefühle teilen sollte. Ich verzichtete darauf, ihm alles Mögliche an den Kopf zu werfen. Das war schon äußerst nett von mir, wie ich fand.

Meine liebe Claudine, die ein ganz verweintes Gesicht hatte, schloss ich in meine Arme, wie eine fleischfressende Pflanze es mit Insekten macht. Die Trauer um den Tod ihres Vaters kam noch zu dem bitteren Cocktail hinzu, den sie jeden Tag zu trinken hatte. Laurie dankte mir, dass ich gekommen war, und drückte mir fest die Hand. Sie schien plötzlich erwachsen geworden zu sein. Adèle, die neben ihr stand, hatte sich anscheinend nicht weiterentwickelt. Sie saß ein wenig abseits, völlig erschöpft, weil sie eine halbe Stunde hatte stehen müssen. Karriere bei der Königlichen kanadischen Gendarmerie würde sie wohl niemals machen. Claudines Mutter schien mit ihren dreiundachtzig zehnmal besser in Form zu sein. Philippe, der Ex-Schwiegersohn, stand am Ende der Reihe der Trauernden. Ich konnte ihm unbemerkt aus dem Weg gehen. Das war sicherlich in seinem Sinne.

Dann begann die Feier, mit Liedern, einer Predigt der Geistlichen, in der sie mit leeren Worten die Metapher vorübergehender Jahreszeiten bemühte, und zum Schluss Reden der Familie. Bis dahin lief alles rund, in einer einschläfernden Atmosphäre, so wie üblich. Der Spaß fing an, als Claudines zehn Jahre jüngere Schwester eine Lobrede auf ihren Vater hielt. Sie zählte auf, was für großartige Dinge er ihr beigebracht hatte (Schlittschuh fahren, einen Ball mit einem Baseballhandschuh fangen, sein Auto waschen und so weiter). Plötzlich hörte man eine rauchige Stimme aus der Mitte des Saales: »Du solltest ihm nicht *zu* dankbar sein!«

Claire zögerte und sprach dann weiter. Die Leute fingen an, mit ihren Nachbarn zu tuscheln.

»... jeden Samstagmorgen hast du, Dad, mir in der Garage die Werkzeuge gezeigt ...«

»Wenn es nach ihm gegangen wäre, wärst du nicht hier!«

Eine winzige alte Frau stand da und wies zur Decke, als wollte sie sie zum Zeugen nehmen.

»Er wollte dich nicht!«

Die Leute um sie herum versuchten, sie zu beruhigen. Eine andere Alte, noch kleiner als sie, wenn das überhaupt möglich war, zog sie am Ärmel, um sie zum

Hinsetzen zu bewegen. Eine junge Frau packte sie an den Schultern.

»Hören Sie auf, das ist der falsche Moment!«

»Das ist genau der richtige Moment, ganz sicher, er ist ja tot!«

»Eben, deshalb ist es doch sinnlos!«

»Er hatte kein Herz, und wird es jetzt nicht gesagt, wird es nie mehr jemand sagen!«

Mehrere Leute begleiteten sie vorsichtig aus dem Saal, schoben sie langsam vor sich her, damit sie in die richtige Richtung lief. Eine winzige Frau, die zum Geysir geworden war. Mit ihren faltigen, zittrigen Händen schob sie die Leute beiseite, die sie wegführen wollten. Über diese Geschichte grübelte sie wohl seit vierzig Jahren. Jetzt hielt der Korken nicht mehr.

»Er wollte sie abtreiben!«

Ich nahm ein Glas, das auf einem Tisch stand, und roch an dem Inhalt. Es war Wasser. Um mich herum stellten die Leute alle möglichen Vermutungen über die alte Dame an. »Sie hat ihre Pillen nicht genommen«, »Vielleicht ist es ein Blutgerinsel«, »Sie ist doch halb senil«.

Doch ihre Schreie klangen in dieser Umgebung, in der alles künstlich war, für mich wie die reine Wahrheit.

Claire floh in die Arme ihres Mannes. Die Inspiration, den Toten zu preisen, war ihr unerwartet abhandengekommen durch herbe Kritik. Alle redeten von dem kleinen Skandal, und das Gemurmel wurde immer lauter. Die Geistliche stürzte ans Mikrofon und bat um Ruhe, als sei nichts geschehen, damit die Feier weitergehen konnte. Sie hatte sicher schon ganz andere Dinge erlebt, der Tod bietet einen fruchtbaren Boden für Abrechnungen aller Art. Hinter ihr stand Claudines Mutter und lachte lauthals, wie in einem surrealistischen Film. Sie versuchte, das Lachen zu unterdrücken, doch es gelang ihr kaum. Ihre Schultern zitterten, und ihr verzerrtes, faltiges Gesicht schien explodieren zu wollen. Ein Mann, der neben ihr saß, ein bestimmt einhundertjähriger Kavalier, reichte ihr ein Papiertaschentuch, damit sie sich dahinter verstecken konnte. Man hätte meinen können, dass sie weinte, das war nicht so einfach zu erkennen. Aber nun wusste man nicht, ob es sich um Trauer oder um nervöses Lachen handelte. Alle, die die Wahrheit kannten, blickten verlegen zu Boden, die anderen, die wie ich nur Gerüchte über die Untreue des Vaters kannten – er hatte wohl ein uneheliches Kind irgendwo in Westkanada –, waren amüsiert darüber, dass sich eine Frau, die es so schwer gehabt hatte, am Grab ihres Mannes mit ein paar aufrichtigen Lachern eine kleine Rache gönnte.

Claudines Bruder hielt als wichtigster Redner seine Ansprache ganz am Ende der Feier. Was er sagte, passte genau zu der Person, die Claudine mir beschrieben hatte.

Seine Würdigung begann mit dem Bericht über seine eigene Geburt, seine ersten Schritte, seine ersten Fahrradfahrten, seine ersten Verletzungen. Er sagte das alles in einem Ton größter Natürlichkeit, wie ein gewiefter Politiker, der seine Zuhörer einschläfern will. Manche Onkel lachten und hielten sich den Bauch, überzeugt, all das sei sehr wahr, auch wenn sie sich nicht daran erinnern konnten. André bemühte sich, alle unschönen Ereignisse und Jugendsünden seines Lebens auszuklammern. Eine Autobiografie voller Lügen hätte es nicht besser machen können. Er verband Ereignisse seines Lebens mit seinem Vater. »Wenn ich meinen Vater während der Ballspiele auf der Tribüne des Saint-Roch-Parks wahrnahm, wusste ich, dass er glücklich war.« Nach zwanzig Minuten erfindungsreicher Selbstbespiegelung sagte die Dame im grünen Paillettenkleid: »Da hat er sich aber schön was zurechtfantasiert«, und gab damit die Meinung eines großen Teils der Anwesenden wieder.

Die Leute um sie herum begannen zu lachen. Einer der Onkel haute in dieselbe Kerbe: »Also wirklich, was soll das, wie lange will er noch so weitermachen, sein Vater ist doch gestorben, verdammt noch mal!« André ließ sich nicht beirren und wollte gerade eine weitere Platitude auftischen, da trat Laurie hinter ihn, ergriff das Mikrokabel und zog kräftig daran. Ein paar Funken waren zu sehen, dann war der Strom weg. Die plötzliche Stille traf die Menge wie eine kalte Dusche.

Claudines Mutter brach sie durch lautes Lachen, diesmal ohne jede Zurückhaltung. Ich hätte wetten mögen, dass diese Frau sich lange nicht mehr so gut amüsiert hatte. Ein Mann vom Beerdigungsinstitut fand die richtigen Worte, um die Ruhe wiederherzustellen:

»Meine Damen und Herren, das Büfett wird in dem kleinen Raum am Ende des Flurs serviert.« Alle bewegten sich daraufhin wie ein Fischschwarm zur Ausgangstür. Reden, Feuerwerk und Büfett, eine gelungene Feier.

Ich bahnte mir, bevor ich gehen wollte, einen Weg, um Laurie zu gratulieren und Claudine zu umarmen, als ich ihn, J. P., hinten im Saal stehen sah, beide Hände in den Taschen, gefährlich gut aussehend. Am liebsten wäre ich unerkannt geblieben, ich hatte nicht damit gerechnet, ihm hier zu begegnen. Ich gab mir Mühe, meinen Gesichtsausdruck zu beherrschen (Mundwinkel, Augenbrauen, Blick). Um seine Augen zeigten sich seine attraktiven Krähenfüße, auf seiner linken Wange bildete sich eine Falte. Er trug einen anthrazitgrauen, eleganten Anzug, George Clooney hätte neben ihm alt ausgesehen.

»Hallo, ich wusste nicht, dass du auch kommen würdest.«

»Ich war gerade in der Gegend, da dachte ich, ich komme vorbei.«

»Eine besondere Familie, oder?«

»Genau wie Claudine.«

»Ja, das stimmt.«

Claudine ist wirklich so besonders, wie ich langweilig bin. Zwei gegensätzliche Frauen, beide von ihrem Mann verlassen.

»Ich sag ihr noch schnell Guten Tag, bevor ich mich wieder auf den Weg mache.«

»Hast du noch Zeit für ein kleines Sandwich?«

»Warum nicht.«

Wir bahnten uns einen Weg bis zu den Tischen, auf denen das Büfett stand. Es gab dort die üblichen Berge Salat, Kartoffeln, Makkaroni, Spießchen mit marinierten Zwiebeln, Oliven und Cornichons, russische Eier, Rohkost mit Soßen (die übliche Mischung aus Ketchup und Mayonnaise) und dreieckige Sandwichs aus Weiß- oder Roggenmehl. Ich nahm mir schnell irgendeins, ohne genauer hinzuschauen. Ich war zu sehr damit beschäftigt, den Eindruck zu machen, dass es mir gut ging. Ich hatte Pech und erwischte eines mit Rillette. Solche Sandwichs kann man unmöglich auf elegante Weise essen. J. P. aß nur ein Stückchen Sellerie und zwei, drei Mini-Karotten.

Claudine kam mit ihren Töchtern zu uns.

»Oh, J. P., gut siehst du aus!«

»Mein Beileid, Claudine.«

»Wie nett von dir, dass du gekommen bist.«

Er beugte sich zu ihr, um ihr Küsschen zu geben, und fasste sie am Arm, wie auf den Umschlagfotos von Liebesromanen. Dann streckte er Laurie die Hand entgegen, und sie strahlte ihn mit ihren schönen, großen Augen an.

»Ich bin ein Kollege deiner Mutter, mein Beileid.«

»Danke, nett, dass Sie gekommen sind.«

Er wiederholte das Manöver bei Adèle, die seinen Händedruck lasch erwiderte. Allein aufrecht zu stehen verlangte ihr einiges an Energie ab, konnte man es ihr also verübeln?

»Kommt ihr mit? Wir wollten gerade Sushi essen gehen.«

»Willst du nicht bei deiner Familie bleiben?«

»Ich habe mit meiner Mutter und meiner Schwester gesprochen, die anderen ... Sag bloß, du isst ein Sandwich mit Rillette?«

»Ja.«

»Lass es liegen, komm, wir gehen.«

»Meinst du das ernst?«

»Ich will mich nicht um das Mikro kümmern, ich habe denen gesagt, mein Vater bezahlt dafür.«

»Meine Damen, ich muss jetzt gehen. Meine Familie wartet auf mich. Alles Gute, Claudine, auch für euch, Mädchen.«

Das versetzte mir einen Stich. Auf mich wartete zu Hause niemand, außer den wenigen von mir ständig vernachlässigten Pflanzen. In einer anderen, längst vergangenen Zeit war ich so beschäftigt gewesen, und jetzt wusste ich nichts mehr mit mir anzufangen. Das Leben ist ein Arschloch. Man müsste die Zeit wieder ausgleichen können, um Höhepunkte abzumildern und Lücken zu füllen.

»Wir schaffen das schon, lieber J. P.«, sagte Claudine.

Mich küsste er auf beide Wangen, aber das konnte ich nicht genießen, denn ich versuchte krampfhaft, den Zwiebelgeruch meines Brotaufstrichs im Zaum zu halten. Unwichtige Details verderben einem manchmal die schönsten Augenblicke. Ich habe schon mal erlebt, wie eine Braut, gerade bevor das offizielle Gruppenfoto aufgenommen wurde, anfing zu weinen, weil sie sich einen Fingernagel abgebrochen hatte. J. P. drehte sich um. Selbst von hinten sah er richtig gut aus. Männernacken fand ich schon immer sexy.

Wir aßen Sushi, tranken Sake und lachten wie verrückt. Sogar Adèle hob mehrfach den Kopf, um am Gespräch teilzunehmen. Claudine hörte zum ersten Mal, dass Laurie einen Freund hatte, und war sichtlich gerührt. Manchmal wirkt der Tod wie ein Elektroschock.

Endlich fing Claudine an zu weinen.

KAPITEL 13

in dem ich meiner früheren Schwiegermutter allen möglichen Unsinn erzähle.

Blanche wollte mich gern sehen, »um von Frau zu Frau ernsthaft zu reden«. Ich hätte mir lieber ohne Betäubung einen Zahn ziehen lassen, als mir eine ihrer Predigten anzuhören, aber ich wusste, dass es besser war, die Dinge jetzt zu klären, bevor alles nur noch schlimmer wurde. Ich trocknete also zwei Stühle ab, denn es hatte gerade geregnet.

Meine Schwiegermutter war wie immer elegant gekleidet. Sie legte Wert darauf, dass wir uns ins Haus setzten, denn unsere Unterhaltung sei nicht für neugierige Ohren irgendwelcher Nachbarn bestimmt. Unsere kleine Terrasse von 650 Quadratmetern bot in ihren Augen nicht genug Privatsphäre. Ich hatte diesmal im Bad alles so gelassen, wie es war; Blanche geht nie zur Toilette. Ich denke immer an sie, wenn Männer sagen, Frauen gehen nie scheißen.

»Möchtest du einen Kräutertee, einen Kaffee oder ein Gläschen Wein?«

»Eine heiße Zitrone, bitte.«

Sie legte ihren Kaschmirschal ab, sah genau auf den

Stuhl, bevor sie sich setzte, ließ sich elegant darauf nieder, verbarg ihre Knie unter dem Tisch, legte die Hände auf der Tischplatte übereinander und zog die Ellbogen nach hinten. Alles bei ihr war bis ins Detail einstudiert, um Wohlergehen und Demut zu demonstrieren. Mich beeindruckte das nicht. Ich wusste, dass eine vierköpfige Familie mehrere Monate von dem leben konnte, was ihre kleinsten Ohrringe wert waren. Sie trug natürlich auch elegante Pumps mit hohen Absätzen, um sicher zu sein, dass sie mir direkt in die Augen sehen konnte. Dass ich so groß bin, hat sie schon immer verunsichert.

»Wie geht es dir, mein liebes Kind?«

»Es geht mir gut, danke, und dir?«

»Danke, mir geht es gut. Trotz der Probleme der Trennung ...«

»Welche Trennung meinst du?«

»Eure.«

»Ja, es tut mir sehr leid.«

»Es ist schon in Ordnung, man muss die Dinge wohl so nehmen, wie sie kommen.«

»Charlène ist ganz reizend, du wirst schon sehen.«

»Ja, sicher. Da ich schon mehrere Gespräche mit Jacques über die kleinen Unstimmigkeiten zwischen euch geführt habe, wollte ich nun mit dir ganz offen reden.«

»Worüber?«

»Also, es ist natürlich eine delikate Angelegenheit, das ist mir klar, also verzeih mir, wenn ich mich so in euer Privatleben einmische, aber eine Scheidung würde hohe Wellen schlagen, und das wünscht sich schließlich keiner.«

»Wir haben noch gar nicht über Scheidung gesprochen.«

»Eben, ich glaube, man kann das wieder hinbekommen.«

»Jacques hat mich verlassen, für eine andere Frau. Es war allein seine Entscheidung. Unsere Ehe kann man nicht wieder hinbekommen.«

»Ich wollte mit dir auch über das Glück von Jacques sprechen.«

»Darüber musst du wohl mit seiner schönen Charlène reden.«

»Ich spreche von eurem Glück, dem von Jacques und dir, das sich offenbar im Lauf der Jahre verflüchtigt hat. Ich verstehe dich, ich lebe ja nun seit fünfzig Jahren mit demselben Mann, ich weiß, was das bedeutet, ich kann dich so gut verstehen ...«

Wie reizend von ihr.

»Über dieses Thema redet man ja nicht mit seinem Sohn, darüber spricht man nur von Frau zu Frau ...«

Oje, jetzt wollte sie mit mir über Sex reden.

»Ich habe mich gefragt, ob ihr versucht habt, etwas Neues zu finden, ob ihr euch habt beraten lassen, ob ...«

»Moment mal, wovon redest du?«

»Von Jacques' Glück. Und natürlich auch von deinem, meine Liebe.«

Ich war nicht ihre *Liebe*!

»Was für ein Glück meinst du?«

»Da Jaques mir erklärt hat, dass er nicht mehr so glücklich war und er deswegen gegangen ist, habe ich mich gefragt, ob du vielleicht aufgehört hattest, deinen Mann ... zu befriedigen.«

Oh mein Gott!

Für sie sah es offenbar so aus, dass ich Jacques von zu Hause vertrieben hatte, weil ich nicht genug oder nicht gut genug mit ihm vögelte oder ohne etwas »Neues zu erfinden«. Meine Ex-Schwiegermutter, diese eingebildete Kuh, glaubte, sie hätte das Recht, mich wegen sexueller Leistungen zur Verantwortung zu ziehen, weil die Ehre und das Vermögen der Familie unter unserer Scheidung litten. Die »Wellen«, von denen sie sprach, bedeuteten Geld. Es ging ihr nicht um unser wahres Glück. Glück war für sie ein Wort ohne jede Bedeutung.

Ich hätte ihr heißes Wasser ins Gesicht schütten oder mit der Tasse nach ihr werfen können, aber sie hätte mich deshalb verfolgt, mit Schlägen, Verletzungen und Beeinträchtigung meiner Lebensfreude. Ich durfte sie nicht berühren, nicht mal mit den Fingerspitzen, sonst hätte sie noch behauptet, ich hätte sie angegriffen.

Deshalb habe ich eine hinterhältige und zugleich grausame Methode angewandt. Es war fast zu einfach, und ich nahm es mir, nachdem sie fort war, beinahe selbst übel. Ich habe sie mit ein paar Worten ausgeschaltet, mit etwas, auf das sie selbst kommen konnte, ohne dass ich es direkt aussprechen musste.

»Weißt du, es ist mir sehr peinlich, davon zu sprechen.«

»Sieh es einmal so: Ich bin eine alte Freundin, der die Familie, deine Familie, am Herzen liegt.«

»Also, in der letzten Zeit hat Jacques immer mehr von mir verlangt.«

»Verlangt?«

»Ja, ich konnte nicht mehr … Ich weiß nicht, wie ich es sagen soll, eingehen auf seine …«

»… seine Wünsche?«

»Ja, seine Wünsche.«

»Aber alle Leute haben Wünsche, meine Liebe, das ist normal.«

»Vielleicht, aber die von Jacques hatten … neue Formen angenommen.«

»Was für Formen? Spiele?«

»Hm, ja, wenn man so will. Spiele, die nicht unbedingt lustig waren.«

»Wirklich? Konnte man keine Kompromisse finden?«

»Nein, aber ich glaube, darüber sollte ich nicht mit dir sprechen.«

Es machte mir Spaß, die Geschichte noch einmal haargenau zu erzählen. Claudine zitterte vor Ungeduld.

»Was hast du ihr denn so Schlimmes gesagt?«

»Überleg mal, womit man sie so richtig kriegen kann.«

»Ich weiß es nicht.«

»Nein? Ich habe ihr gesagt, Jacques wollte, dass ich mich als Mann verkleide, damit er in der Lage war …«

»Oh mein Gott. Das hast du gesagt?«

»Ja.«

»Und was hat sie geantwortet?«

»Nichts. Sie hat ihre Hand an den Mund gelegt, hat ihre Sachen genommen und ist abgezischt. Ich bin sitzen geblieben und habe in Ruhe meine Tasse heiße Zitrone ausgetrunken.«

»Jetzt muss sie glauben, dass …«

»… es von ihrer Seite kommt, das böse Chromosom des Sohnes, ja, so ist es.«

»Sie wird Jacques fragen, ob es wahr ist.«

»Nie im Leben, das ist eine Sache, über die man nur ›von Frau zu Frau‹ spricht.«

»Hat sie nicht anders verdient, die alte Ziege.«

Als wir ein paar Jahre zuvor angekündigt hatten, Alexandre würde auf der Weihnachtsfeier der Familie seinen Freund vorstellen, gab es einen leichten Aufstand (das hatten wir vorhergesehen und es deshalb der Familie schon vorher mitgeteilt). Da es in den Familien Valois und Garrigues nur »normale Leute« gab, so die genealogische Feststellung von Blanche – kein Zweig des Familienstammbaums hatte bisher solche Züge aufgewiesen –, sprach man davon, dass diese »Unregelmäßigkeit« von meinem Blut herrühren müsste. Jacques hatte sich bemüht, seinen Sohn zu verteidigen und mit ihm »alle, die sind wie er«. Doch die sich überbietenden scharfen Äußerungen verschiedener Seiten der Familie zwangen uns, unsere Pläne für das kommende Weihnachtsfest zu ändern. Unsere Auffassung stieß sich an der der anderen, es kam zu einem großen Knall zwischen den Generationen mit vielen Kollateralschäden. Für meine Ex-Schwiegermutter ist Homosexualität eine Krankheit unbekannter Herkunft, genau wie Allergien. Diese geistige Eingeschränktheit brachte mich auf die Palme, und ich warf ihr alle möglichen Dinge an den Kopf, zum Beispiel »intolerante alte Hexe«. Manche dieser Verletzungen verheilten langsam. Unser Verhältnis war seither getrübt, es war wie bei einer geklebten Vase. Die Bruchlinien bleiben sichtbar, das Ganze zerbrechlich.

Ich hatte nie versucht, mich zu rächen, aber meine Ex-Schwiegermutter hatte mir an dem Tag ihres Besuchs die Gelegenheit dazu auf einem Silbertablett gereicht. Die habe ich beim Schopf ergriffen. Ich war ihr wirklich sehr böse, und die Vorstellung, dass die Alte sich jetzt mit dem Gedanken plagte, dass sie ein anormales Wesen zur Welt gebracht hatte, machte mich überaus glücklich.

Um ehrlich zu sein, Jacques und ich hatten uns tatsächlich miteinander gelangweilt. Eine Choreografie der immer gleichen Gesten hatte uns gefangen gehalten, und wir hatten immer nur noch dasselbe getan, nichts Neues mehr ausprobiert. Es hatte sich eine Patina über unser Leben gelegt. Etwas Neues vorzuschlagen wäre das Eingeständnis gewesen, dass wir uns miteinander langweilten, und dazu waren wir nicht bereit gewesen. Ich hätte Angst vor seiner Kritik gehabt und hatte nicht den Mut, ihm etwas Neues vorzuschlagen. Genauso hätte ich mich vor seinen Vorschlägen gefürchtet. Wir waren zu Gefangenen der Zentrifugalkraft unserer Beziehung geworden, und sie hatte uns langsam unmerklich auseinandergetrieben.

Um mir zu sagen, dass er mit mir schlafen wollte, sagte Jacques: »Warte auf mich, ich komme bald«, wenn ich ins Bett ging. Ich bin langweilig, das war ich schon immer, und wenn der Tag zu Ende war, freute ich mich nur auf eins: darauf, zu schlafen. In den ersten Jahren unserer Ehe gelang es mir noch, meine Müdigkeit zu vergessen, aber schnell gab ich mich der wohltuenden Betäubung des Schlafes hin. Ich benutzte den Schlaf wie andere die Migräne. Ich liebte meinen Mann von ganzem Herzen, aber mein Körper wollte schlafen, er befahl es mir, ich kam nicht dagegen an. Ich wusste, dass er mich niemals wecken würde, um sich zu befriedigen. Nicht alle Frauen haben dieses Glück, wie ich aus dem Tratsch in unserer Firma weiß.

Nein, wir steckten wenig Fantasie in unser Sexualleben, dachten weder an Fesselspiele noch an Verkleidungen. Wir behandelten Fragen der Lust wie Fragen der Hygiene, wie eine Notwendigkeit. Eigentlich ganz klar, dass er sein »Glück« anderswo gesucht hat, mein Ehemann, der wie ich kein Rhythmusgefühl hat.

Doch das ging meine Ex-Schwiegermutter nun wirklich nichts an. Allein dass sie dachte, sie hätte das Recht, sich in mein Sexualleben einzumischen, machte mich wütend. Sobald sie durch die Tür gegangen war, war ich so in Rage, dass ich drauf und dran war, den Vorschlaghammer aus dem Keller zu holen.

Nachdem ich mich wieder beruhigt hatte, las ich eine SMS von Antoine. »Ich hab dich lieb, Mama.«

KAPITEL 14

in dem ich noch einmal Ja sage.

»Glaubst du, dass Jacques zu dir zurückkehrt?«

»Ich weiß es nicht.«

»Ich frage dich ernsthaft: Gehst du davon aus, dass Jacques zu dir zurückkommt?«

Heute trug sie einen Blazer mit Mao-Kragen, wodurch sie streng aussah. In ihrer Hand bewegte sie einen Füller hin und her wie ein Metronom. Im Rhythmus meiner Geständnisse. Vielleicht mochte sie normale Stifte nicht, aber das habe ich sie nicht gefragt.

»Diane?«

»Unmöglich ist es nicht, so etwas kommt öfter vor.«

»Du hoffst also, dass er wiederkommt.«

»Ehrlich gesagt, ja.«

»Warum?«

»Weil es einfacher wäre. Ich denke dabei auch oft an die Kinder.«

»Eure Kinder sind doch schon aus dem Haus.«

»Ja, aber Charlotte kommt wahrscheinlich wieder. Sie wohnt nur wegen des Studiums anderswo. Bei den anderen weiß man nicht so genau. Heutzutage halten Beziehungen nicht sehr lange. So haben sie, wenn sie es brauchen, einen Unterschlupf.«

»Aber dann muss Jacques nicht unbedingt auch da sein.«

»Es wäre komisch, wenn ihr Vater nicht da wäre. Sie haben uns doch immer zusammen erlebt, es ist unser Haus, ich weiß nicht ...«

»Glaubst du, deine Kinder kommen nicht, wenn Jacques nicht da ist?«

»Vielleicht trauen sie sich nicht.«

»Warum?«

»Ich weiß es nicht.«

»Sind deine Eltern getrennt?«

»Sie haben sich getrennt, als ich zwanzig war.«

»Hast du da noch zu Hause gewohnt?«

»Nein, ich hatte eine eigene Wohnung.«

»Wie ist das bei ihnen abgelaufen?«

Ich zog die Augenbrauen hoch.

»Erzähl, Diane.«

»Meine Eltern haben das Haus verkauft, meine Mutter ist in eine Wohnung gezogen, in die dritte Etage eines beigefarbenen Hauses in einem Viertel, wo diese Farbe vorherrschte. Mein Vater ist wieder nach Sherbrooke gegangen.«

»Bist du nach dem Studium zu deiner Mutter oder zu deinem Vater gezogen?«

»Zu meiner Mutter, für einen Monat. Den traurigsten meines Lebens.«

»Warum?«

»Es war einfach traurig, es war nicht mein Zuhause, das mochte ich nicht, nirgendwo eine Erinnerung, keine Nachbarn mehr, keine Freunde, keine kleine Straße, es roch nicht wie zu Hause ... Wenn ich nachts aufstand, wusste ich nicht, wo ich war. Wenn ich den Parkplatz draußen sah, hätte ich am liebsten losgeheult.«

»Und als du deine Wohnung hattest, war es nicht so?«

»Nein, das war ja nicht zu Hause, ich hatte meine Mitbewohner, ich wusste, es war nur vorübergehend. Zu Hause war bei meiner Mutter. Aber ich konnte mich bei ihr nicht mehr zu Hause fühlen. Ich hatte kein eigenes Zimmer. Ich schlief im Wohnzimmer auf einem Sofa, den ganzen Tag über lief der Fernseher, gegen die Einsamkeit. Meine Mutter war froh, dort zu sein. ›Da hab ich nicht so viel im Haushalt zu tun und muss weniger putzen‹, sagte sie immer.

Ich fand es einfach nur traurig.«

»Hast du schon mal überlegt, was passiert, wenn er nicht zurückkommt?«

Dieser schwierigen Aufgabe hatte ich mich bisher entzogen.

»Ich weiß, dass das gut wäre, aber ich schaffe es noch nicht.«

»Was würdest du tun, wenn er zurückkäme?«

»Oje, ich weiß es nicht. Er müsste mir einen neuen Ring kaufen, einen verdammt großen Ring!«

»Wie groß?«

»So groß wie der Schaden, den er angerichtet hat.«

»Könntest du ihm verzeihen?«

Das hatte ich mich schon tausendmal gefragt. Meine Vergebung hing ab von einem langen Kreuzweg, auf dem er meinen Kummer wiedergutmachen müsste. Ich wollte, dass er leiden, sich beschuldigen, vor mir kriechen, mich bitten, mich anflehen und mir zu Füßen liegen müsste.

»Vielleicht ja.«

»Liebst du ihn noch?«

»…«

»Diane?«

»Ja.«

KAPITEL 15

in dem ich beginne,
Laubgebläse zu hassen.

Die Rachemomente, die ich mit Charlène und Blanche genossen hatte, hätten mich beruhigen sollen. Stattdessen weckten sie in mir eine Reizbarkeit, die ich selbst nicht von mir kannte. Bisher jedenfalls nicht. Ob es sie vorher schon gegeben hatte oder ob sie durch Jacques' Weggang ausgelöst worden war, lief auf dasselbe hinaus: Ich begann, etwas zu zerstören.

Jacques hatte mir oft vorgeworfen, ich könnte mich nicht entspannen. Er hatte vollkommen recht, ich schaffte es wirklich nicht. Eine schlechte Angewohnheit, die daher kam, dass ich Kinder großzog und zugleich in Vollzeit arbeitete. Auch als sie von zu Hause weggingen und mir viele Stunden freier Zeit in den Schoß fielen wie himmlisches Manna, ist es mir nie gelungen, einen neuen Rhythmus zu finden. Ich aß immer noch im Stehen, legte mir die Friseurtermine zwischen Einkaufen, Hausarbeit, Akten lesen, Vorbereiten von Geburtstagen, hier und da einem Gefallen für andere. Mein Eifer, ständig etwas machen zu wollen, bestimmte mein Leben, als hätte ich Angst vor Leere. Ich bewunderte meine Kollegen, wenn sie über Bücher redeten oder über Filme, die sie am Wochenende gesehen hatten.

Jetzt aber hatte ich beschlossen zu entspannen, um mir zu beweisen, dass ich es doch konnte, dass ich in der Lage war, meine innere Wut zu bezähmen. Ich war zu allem bereit, damit es mir gelang, mich komplett gehen zu lassen und Tiefkühlkost zu essen. Ich würde das mit dem Nichtstun hinbekommen, koste es, was es wolle. Meine Mittwochabende hatte ich ja bereits für mich.

Donnerstagabend

Eigentlich hätte ich die gesamte Murdoch-Akte durchsehen müssen, um herauszufinden, wo ein bestimmter Fehler beim Auftrag für den Grossisten lag. Früher hätte ich mich dieser Aufgabe auch mit Leib und Seele gewidmet. Aber an jenem Abend bestellte ich mir Hähnchen mit Pommes und aß alles auf bis zur letzten Fritte, ohne Gewissensbisse, gemütlich auf meiner Terrasse sitzend. Ich genoss jeden einzelnen Bissen. Zwischen zwei Schlucken Château Margaux aus unserem Weinkeller, der noch mit schönen Flaschen bestückt war, die immer reifer wurden, leckte ich mir die fette, salzige Soße von den Fingern. Ein wahres Sakrileg. Der einzige Wermutstropfen: Monsieur Nadaud mähte den Rasen und schnitt seine Hecken. Da er schon lange Rentner war, hätte er es zu jeder Tageszeit machen können – zum Beispiel während alle anderen arbeiteten –, aber er wollte seinen Garten wohl unbedingt in meiner Gegenwart pflegen.

Nachdem ich die Schachtel ganz ausgekratzt hatte (wäre ich unbeobachtet gewesen, hätte ich sie ausgeleckt), setzte ich mich vor den Fernseher in meinen Korbstuhl, schlaff wie eine untätige Jugendliche in der Pubertät. Ich hatte noch immer kein neues Sofa gekauft. Meine Kinder hatten auch solche Phasen durchgemacht, ich wusste also genau, wie das ging. Antoine hatte damit nie so richtig aufgehört.

Angeschwipst, wie ich war, fand ich sogar Gefallen an einem richtig dummen Spionagefilm, in dem die Bösen hässlich und die Guten schön aussahen. Die kleineren Waffen der Bösen richteten wesentlich mehr Unheil an als die größeren der Guten. Die besten Dinge stecken immer in den kleinen Verpackungen.

Freitagmorgen

Ich kam ein paar Minuten zu spät, um meiner neuen Lebensweise gerecht zu werden. Claudine wartete schon auf mich, sie war ganz aufgeregt.

»Sieh mal, auf deinem Schreibtisch liegt eine dicke Überraschung!«

»Wofür?«

»Nein, es ist nicht von mir.«

»Von wem denn?«

»Josée.«

»Welche Josée?«

»Na, die Sekretärin von J. P.«

»Josy?«

»Sie heißt in Wirklichkeit Josée.«

»Tatsächlich?«

»Das steht in ihrer Personalakte.«

»Ich finde Josy schöner.«

»Ist doch egal, los, mach schon auf!«

Ich hatte gar keine Zeit, die Schmetterlinge in meinem Bauch zu fühlen, ich fand meine blauen Stiefel in der Tasche, sie waren sehr schwer, in jedem steckte eine Flasche Wein, einmal Schaumwein und einmal Weißwein. Es lag auch ein Kärtchen dabei, das ich in meiner Handtasche verschwinden ließ.

»Sind das die Stiefel, die du neulich J. P. geschenkt hast?«

»Ja, es sind meine Stiefel, meine alten neuen.«

»Und voll mit herrlichem Saft.«

»Ich lade dich ein, wir trinken das Zeug zusammen.«

»Bis Sonntagnachmittag habe ich die Kinder.«

»Sonntagabend wäre perfekt.«

»Sollen wir die Karte gleich lesen oder am Sonntag?«

»Welche Karte?«

Ich hatte so viele Dossiers zu bearbeiten, das war einfach Wahnsinn, und deshalb nahm ich mir schlichtweg nachmittags frei, um stattdessen den schönen Tag zu genießen. Ich wollte den Korbsessel nach draußen stellen und es mir darin bequem machen, eingehüllt in meine Alpaka-Decke, um die Sonne zu genießen und ein bisschen zu lesen, während die Blätter von den Bäumen fielen. Ich hatte zwei Dutzend Romane von meinen Kindern geschenkt gekriegt, aber noch keine Zeit gefunden, sie zu lesen. Mein Gehirn brauchte etwas

Training. Wahrscheinlich noch mehr als mein Körper, und das will was heißen. Ich schlief ein. Der Rasen der Nadauds roch nach frischem Heu.

Freitagnachmittag

Die Karte von J. P., die ich in meine hintere Jeanstasche gesteckt hatte, machte mich neugierig. Es konnten keine großen Geheimnisse darauf stehen, aber sicher ein paar nette Worte. Ich schob den Moment, bis ich sie las, hinaus, um mich länger darauf zu freuen. In diesem Moment begann Monsieur Michaud, seine geliebte Terrasse mit seinem Sandstrahlgerät zu reinigen. Ich hatte gedacht, er hätte sie schon im Sommer auf Vordermann gebracht, aber ich hatte mich wohl im Haus geirrt. Wenigstens machte er es an einem Wochentag mitten am Nachmittag, und so hatte ich ihm nichts vorzuwerfen. Aber im Haus Nr. 5412, gleich nebenan, das gerade verkauft worden war, tobten sich alle möglichen Maschinen aus. Ich wusste nicht, was die neuen Eigentümer daraus machen wollten, aber jeden Morgen ab sieben begannen die Umbauarbeiten. Der Presslufthammer hatte schon die ersten Wochen meiner Starre nach dem Bombeneinschlag mit seinem Tak-tak-tak begleitet.

Ich wartete noch eine Stunde, bis ich dem Ruf der Karte in meiner Hosentasche folgte.

»Mist!«

Ich konnte sie nicht lesen und ging ins Haus, um meine Brille zu holen.

Es war das erste Mal, dass ich so ein Billett von einem anderen Mann bekam – das letzte von Jacques war so lange her, dass ich mich nicht mehr daran erinnern konnte –, und meine Augen waren mittlerweile zu alt, um ohne Hilfe lesen zu können.

Ich begann von Neuem und öffnete den kleinen Umschlag.

Sie stehen dir einfach zu gut. Du hast wirklich schöne Augen.
Chin-chin!
J. P.

Weiter als das würde unsere Geschichte nicht gehen, aber in diesem Moment freute ich mir über das Kompliment einen Ast ab. Ich hörte nichts mehr, weder das Sandstrahlgerät noch den Presslufthammer, ich hatte schöne Augen, und das genügte mir. Ich erlebte eine Art Wiedergeburt, die nichts gekostet hatte als ein Kompliment. Der einzige Wermutstropfen war, dass ich mir sagte, die Geschichte zwischen Jacques und Charlène könnte ähnlich begonnen haben. Ich müsste mir mal die letzten Geschenke ansehen, die ich von ihm bekommen hatte.

Freitagabend

Ich wachte durch die Kälte auf. Die Kälte und den Rasenmäher meines rechten Nachbarn, Monsieur Gomez. Ich konnte ihm nicht böse sein, er hatte mir geholfen, die verschiedenen Möbel, die ich in den letzten Monaten durchs Fenster geworfen hatte, wegzubringen, ohne eine einzige Frage zu stellen. Seine Frau beobachtete alles genau durchs Küchenfenster. Vermutlich wussten sie schon früher als ich, dass meine Ehe den Bach runterging. Ich bin sicher, ich hätte eine Menge interessanter Dinge erfahren können, wenn ich bei den Nachbarn eine kleine Umfrage gemacht hätte. Ich habe mich lieber nach innen verzogen.

Jacques hatte mir eine Nachricht auf dem Anrufbeantworter hinterlassen. Ich sollte ihm eine SMS schicken, um ihm zu sagen, wann er mich anrufen könnte. Er wollte nicht, aus ersichtlichen Gründen, wie er sagte, dass ich bei ihm anrief. Ich tat es trotzdem. Einmal, zweimal, dreimal, zehnmal. Bis er endlich abnahm.

»Diane, ich hätte dich lieber zu einer Zeit angerufen, die uns beiden passt.«

»Ich hoffe, es ist nichts Schlimmes.«

Er hätte sich beide Beine brechen können, ohne dass es mir das Geringste ausgemacht hätte. Ich wünschte ihm sogar eine schwere Grippe, eine kleine Lungenentzündung, einen hartnäckigen Fußpilz. Oder besser noch Warzen, Tausende davon.

»Nein, nichts Schlimmes. Aber es ist jetzt nicht der richtige Moment. Kann ich dich morgen anrufen?«

»Nein, das geht nicht, da bin ich nicht da.«

»Hast du dein Telefon nicht dabei?«

»Doch, aber wo ich dann bin, gibt es kein Netz.«

»Gibt es das überhaupt noch, Orte ohne Netz?«

Er war verärgert, das erkannte ich an seinem böswilligen, billigen Humor.

»Dann sag mir doch einfach, was du wolltest.«

»Ich habe Leute zum Abendessen hier und würde dich lieber zurückrufen.«

Klar. Freitagabend, Wochenende, Freunde, guter Wein, gute Unterhaltung, nach dem Dessert ein bisschen vögeln. Mir stieg die Magensäure hoch. Was für Leute überhaupt? Seine Partner, unsere Freunde, unsere Kinder? Seine neuen dreißigjährigen Freunde?

»Ich ruf dich an, wenn ich wieder da bin.«

»Wann?«

»Wenn ich zurück bin.«

»Dann lass uns etwas ausmachen.«

»Okay, am 23.«

»Am 23.?«

»Welchen Tag haben wir heute?«

»Den 3.«

»Super, am 23.«

»Das ist erst in drei Wochen, bist du so lange weg?«

»Ja.«

»Wo fährst du so lange hin?«

»Dorthin, wo es kein Netz gibt. Okay, wir sprechen uns dann. Ich will dich nicht länger aufhalten.«

Dann legte ich auf. Ich hatte schon die von meiner Ex-Schwiegermutter geschenkte Küchenkredenz vernichtet. Wenn ich auch noch den Tisch kaputt machte, konnte ich keine »Leute« mehr zum Abendessen einladen. Ich las J. P.s Karte noch einmal, um mich wieder aufzuheitern.

»Du hast schöne Augen, Diane, und schöne Stiefel.«

Ich ging zurück nach draußen und holte tief Luft. Monsieur Nadaud war mit einem Laubbläser auf der Jagd nach ein paar Blättern, die sich auf sein Gelände geschlichen hatten. Es gibt in der Gemeinde Vorschriften für das Gießen, es fehlen noch welche für Laubgebläse. Dabei geht es mit dem Fächerbesen viel besser, so wird alles aufgesammelt und nicht in den Garten der Nachbarn oder auf die Straße geblasen.

Ich zog meine blauen Stiefel an und ging spazieren. Obwohl ich mich schon so vieler Möbel entledigt hatte, erstickte ich in diesem Haus, das voll glücklicher Erinnerungen war und mich unglücklich machte.

Mit Ausnahme meines missglückten Joggingversuchs war ich lange nicht mehr durch unser Viertel gegangen. Als die Kinder größer wurden, ging ich kaum noch zu Fuß. Jacques und ich brachten sie meistens mit dem Auto überallhin, als sie noch nicht groß genug waren, um mit öffentlichen Verkehrsmitteln zu fahren. Dann kauften sie sich ein eigenes Auto – außer Charlotte, der bei dem Gedanken, die Umwelt zu verschmutzen, schlecht wurde – und jeder ging seiner Wege. Ich hatte mir unser Viertel danach nicht zu Fuß wiedererobert und muss etwas gestehen: Ich weiß nicht, wie ich ohne Kinderwagen und ohne ein bestimmtes Ziel durch die Straßen gehen soll. Spazieren gehen ist gesund, aber ich kann es nicht mehr, es ist nicht einfach, nirgendwohin zu gehen.

Der kleine Schusterladen an der Ecke der *Rue des Lilas* war geschlossen. Ich trat näher und warf einen Blick hinein. Ich sah nichts als leere Regale und Holzkisten auf einer dicken Staubschicht. Auf der Eingangstür stand *Wir schleifen Schlittschuhe* auf einem vergilbten Karton, der wie ein kleiner Soldat trotz des allgemeinen Chaos seinen Posten hielt. Hier hatten wir unsere Schuhe besohlen und neue Löcher in die Gürtel machen lassen, wenn wir vor lauter Wohlergehen zugenommen hatten. Heute trug ich kaum noch Gürtel – unter einem Rock sah man weniger gut, wie rundlich ich war – und nutzte meine Schuhe nicht mehr ab. Das sah man auch an meinem Taillenumfang.

Drei Blocks weiter sah ich die verlassene Videothek. An den Wänden standen noch alte Filmschachteln, deren Farben verblasst waren. Die Tür ganz hinten führte in den Raum mit den verbotenen Filmen. Sie stand offen. Wir hatten den Kindern eingeredet, wenn sie dort hineingingen, könnten sie blind werden, aber eines Tages tat Antoine es trotzdem, und als er wieder rauskam, rief er: »Ich habe eine Frau mit so dicken Titten gesehen und eine andere, die einen Penis im Mund hatte …« Alexandre und Charlotte hielten sich die Ohren zu, um nicht taub zu werden.

Bevor mich mein Ausflug noch zu den Katakomben führte und mir die Laune gänzlich verdarb, machte ich in meinen Stiefeln mit den neuen Sohlen kehrt und ging nach Hause. Auf Netflix würde ich sicher einen guten Film finden.

Vor dem Haus Nr. 5412 blieb ich stehen. Es hatte inzwischen zweieinhalb Stockwerke. Um 18:42 Uhr war die Baustelle noch in vollem Gange. Ich stützte meine Hände in die Hüften, damit jeder, der mich sah, begriff, dass ich von dem Glaskubus, der sich vor mir erhob, nicht gerade begeistert war. Ein Mann mit Schutzhelm und Bauarbeiterstiefeln kam zu mir. Wie alle Männer, die sich der Mainstream-Mode anpassen und zugleich behaupten, sie folgten ihr nicht, hatte er zu viel Bart und seltsame Muster auf den Armen eintätowiert – komisch, Leute mit Tattoos scheint es immer zu warm zu sein, denn sie tragen oft kurze Ärmel. Im Mundwinkel hatte er einen Zahnstocher, der sich im Rhythmus seiner Gesichtsmuskeln bewegte.

»Guten Tag, Madame!«

Es fing gut an, er nannte mich wenigstens nicht: »Meine Kleine.«

»Guten Abend, Monsieur.«

»Kann ich Ihnen helfen?«

»Ja, ich würde gern wissen, was Sie hier machen.«

»Wir bauen ein Haus.«

»Ach so, gut dass Sie das sagen, ich dachte, es sei ein Aquarium.«

»Sind Sie eine Nachbarin?«

»Ja, ich wohne zwei Häuser weiter, Nr. 5420.«

»Das alte kanadische?«

»Ja, genau.«

»Ein schönes Viertel.«

»Ja, in der Tat. Brauchen Sie noch lange?«

»Wenn wir auch abends bauen, wird es noch vier bis sechs Wochen dauern. Mitte Oktober müssten wir spätestens fertig sein.«

»Abends, was meinen Sie damit?«

»Die Stadt erlaubt Bauarbeiten bis 19 Uhr.«

»Jeden Tag?«

»Nein, Samstag und Sonntag hören wir um 17 Uhr auf.«

»Am Wochenende also auch.«

»Ja, mit voller Kraft, zwei Baubrigaden.«

»Wann fangen Sie am Wochenende morgens an?«

Er sah mich an, hüstelte ein wenig und sagte:

»Sieben Uhr.«

»Was, um sieben schon?«

»Ich kann es nicht ändern.«

»Das hier ist ein Wohnviertel!«

»Ich weiß, Madame.«

»Was passiert denn, wenn Sie Mitte Oktober nicht fertig sind?«

»Dann wird der Kunde böse.«

»Aha, der Kunde wird böse und wir, die anderen hier? Will er tatsächlich das ganze Viertel wochenlang nerven, um pünktlich einzuziehen? Muss Ihr Millionär so lange auf der Straße übernachten?«

»Tut mir leid, Madame, so steht es im Vertrag. Es gab Verzögerungen mit der Lieferung und solche Sachen.«

»Sehen Sie! Es ist ganz normal, dass es länger dauert als vorgesehen.«

»Der Mann ist im Recht, und wir halten uns an die Vorgaben der Kommune.«

»Im Recht, ich kann das nicht mehr hören, alle sind im Recht. Recht ist ja gut und schön, aber man muss dabei auch existieren können.«

»Ehrlich gesagt würde ich jetzt auch lieber nach Hause fahren und ein Bier trinken.«

Er nahm den Zahnstocher aus dem Mund und zuckte zum Zeichen seiner Machtlosigkeit mit den Schultern. Die Feuerspirale und der dreiköpfige Drachen auf seinen Armen bewegten sich leicht im Spiel seiner Muskeln. In dreißig Jahren würde die Spirale auf seiner schrumpeligen Haut wie ausgelaufene Tinte aussehen, und sein Drachen würde drei Krabben ähneln.

»Sagen Sie Ihrem Kunden, die Nachbarschaft hätte die Nase voll von seinen verdammten Scheiß-Arbeiten. Und er soll, wenn er einzieht, bloß nicht mit einem Apfelkuchen auftauchen. Ich erwarte ihn mit einem Vorschlaghammer. Er soll sich mit dem verfluchten Apfelkuchen den Arsch abwischen!«

»Alles klar, Madame.«

Ich drehte mich um 45 Grad und ging auf mein schönes kanadisches Haus zu, das gebaut worden war, als hier noch Felder lagen. Damals hätten die Arbeiter die ganze Nacht bauen können, und keiner hätte sich beschwert. Nur ein paar Tiere vielleicht.

Die Rasensprenger bei den Nadauds sprühten rhythmisch Wasser auf den grünen Rasen. So viel Wasser und Strom, um ein Stückchen Land zu pflegen, das bald unter zentimeterdickem Eis und Schnee liegen würde. Wozu? Wenn es den Mythos von Sisyphos nicht gäbe, würde ich ihn erfinden.

In der Küche nahm ich die Lautsprecher von der Wand ab und richtete sie nach draußen. Dann legte ich einen Platte von Florence K auf, setzte mich draußen mit einem Glas *Aligoté* in meinen Korbsessel und bewunderte das bisschen Gras, das hier fröhlich wuchs. Kleine Wildblumen hatten sich zwischen die im Wind wehenden Grashalme geschlichen. Hätte ich vorher gewusst, wie schön das ist, hätte ich den Vertrag mit dem Gärtner viel eher gekündigt.

Vom Dach des Hauses Nr. 5412, auf dem drei Männer Material abluden, winkte mir der Typ zu, mit dem ich mich vorher unterhalten hatte. Genial, sie bauten ein Sonnendeck auf dem Aquarium, damit war es mit der Privatheit auf meiner Terrasse vorbei.

Samstagmorgen

Ich ging mit meiner Tasse Milchkaffee ohne Milch – ich hatte wieder vergessen, welche zu kaufen – nach draußen. Da kam Monsieur Nadaud zögernden Schrittes auf mich zu, nachdem er noch mal einen Blick auf seine Küchenvorhänge geworfen hatte, die sich leise bewegten wie Algen. Entweder, er wollte sich entschuldigen, dass er immer so viel Krach machte, oder sich wegen der lauten Musik beklagen, die ich am Vorabend bis neun Uhr angelassen hatte. So lange hatte ich gebraucht, um meine Flasche Wein auszutrinken.

»Guten Tag!«

»Guten Morgen!«

»Geht es Ihnen gut, Madame Valois?«

»Ja, und Ihnen?«

»Ja, ganz gut, nur meine Knie fangen an, mich zu plagen.«

»Wenn man sieht, wie tüchtig Sie arbeiten, meint man, es ginge Ihnen recht gut.«

»Ja, ja, Arbeit hält jung.«

»Und geht es Ihrer Frau auch gut?«

»Ja, bestens, sie lässt Sie grüßen.«

Ich grüßte die Fenster zurück, man konnte ja nie wissen, ich wusste allerdings nicht, von welchem aus man den besten Blick auf uns hatte.

»Was führt Sie her?«

»Es ist wegen ... also es ist ein bisschen schwierig ...«

»Wegen der Musik von gestern?«

»Nein, das war schöne Musik. Im Haus hat man auch gar nichts gehört. Und es ist doch Ihr gutes Recht.«

»Dann bin ich froh. Ich dachte schon, ich hätte Sie gestört.«

»Es ist wegen des Rasens.«

»Wegen des Rasens? Ihr Rasen ist doch großartig. Er ist so dicht, dass man ihn für falsch halten könnte.«

»Danke, das ist nett. Aber ich meinte eigentlich Ihren.«

»Mein Rasen? Sie meinen wohl meine Wiese?«

»Ja, genau.«

»Ich finde sie schön, man hat den Eindruck, auf dem Land zu sein.«

»Ich wollte Ihnen anbieten, sie zu mähen. Ich habe alles, was man dazu braucht.«

Das war mir noch gar nicht aufgefallen. Er hatte so viel Kram in seiner Garage, er konnte nicht einmal mehr mit dem Auto hineinfahren.

»Sie wollen meine Wiese mähen?«

»Als Nachbarschaftshilfe.«

»Das ist nett, danke.«

»Ich mache das gern.«

»Im Moment möchte ich sie aber so lassen.«

»Na ja, aber ...«

»Stört Sie das?«

»Also, es ist ...«

»Warum?«

»Wegen des Unkrauts, das zu uns herüberdringt, der

Wind bläst die Pollen all dieser komischen Gräser auf unseren Rasen!«

»Aber dort ist doch kein einziges Unkraut zu sehen!«

»Aber nur, weil ich hart dagegen ankämpfe, neben einer Wiese ist das noch schwieriger. Das Unkraut hat ja auch Wurzeln, die dann unter der Erde zu uns herüberwachsen.«

»Tut mir leid, aber das ist eine Frage des Geschmacks. Sie mögen lieber Rasen, ich lieber eine Wiese.«

»Das verstehe ich ja, aber Ihr Geschmack schadet unserem. Sie verstehen sicher, was ich meine.«

»Ja, vielleicht, aber Ihr Geschmack schadet meiner Lebensqualität.«

»Ihrer Lebensqualität?«

»Ja, mit dem Mäher, der Motorsense, der Sprenganlage, dem Laubgebläse, von dem Gift der Pestizide ganz zu schweigen.«

»Ich hatte ja keine Wahl wegen Ihrer Wiese.«

Er schien total erschöpft zu sein, als hätte er gerade erfahren, dass Trump zum Präsidenten gewählt worden war. Ich wollte nicht zulassen, dass er meine Wiese mäht. Seine Gardinen-Frau hatte wohl schon an seinem niedergeschlagenen Gesichtsausdruck erkannt, dass unser Gespräch zu nichts geführt hatte. Ich gebe zu, es war wirklich nicht nett von mir. Ich hätte ihm einen Kompromiss vorschlagen können: Sie mähen meinen Rasen, wann immer Sie wollen, dafür betätigen Sie ihre Maschinen nur zwischen acht und 18 Uhr in der Woche. So hätte er ein Zeitfenster von fünfzig Stunden pro Woche gehabt, um seinen natürlichen Teppichboden zu pflegen, den man nicht betreten durfte, wie man es an den kleinen Schildern am Rand lesen konnte. Auf halber Strecke zwischen unseren Terrassen drehte er sich um:

»Entschuldigung, Madame Valois, werden Sie das Haus behalten, oder haben Sie vor, es zu verkaufen?«

»Delaunais, ich heiße Delaunais.«

Samstagnachmittag

Charlotte und ich trafen uns im Park. Zu meinem dritten Jogging-Kurs.

Sie war so geduldig und nett, dass ich nur staunen konnte. Hatte man sie vielleicht auf der Säuglingsstation vertauscht?

»Heute wechseln wir wieder mit Gehen und Laufen ab, aber wir gehen etwas weniger.«

»Ich tu alles, was du sagst, meine Süße.«

Sicher wirkten wir wie das klassische Zweiergespann: eine alte bürgerliche Tante mit ihrer jungen Trainerin. Dabei war ich das, was die jüngere der beiden in fünfundzwanzig Jahren auch sein würde, dreiundzwanzig Pfund später. Mein sich bildendes Doppelkinn war nur wie eine Erweiterung des ihren, das noch aus festem Gewebe bestand und der Erdanziehungskraft Widerstand leistete. Ich fand mich so hässlich, wie ich sie schön fand. Das machte mir mein Aussehen etwas leichter.

Zwanzig Minuten lang schwitzte ich Blut und Wasser, dann gab ich auf. Ich konnte einfach nicht mehr. Ich leide nicht gern, das mochte ich noch nie, egal, in welcher Form. Ich wünsche es auch keinem. Jedenfalls beinahe (in diesem Kapitel meines Lebens war ich wie alle anderen und hielt manches Leiden für durchaus verdient). Wir machten uns im Gehen auf den Weg nach Hause, Arm in Arm, ungeachtet des Schweißes und der Abscheu, die Passanten bei unserem Anblick empfinden konnten.

Als wir im Haus waren, musste ich mir einige Kritik wegen der letzten Maßnahmen an meiner Einrichtung anhören.

»Mama!«

»Was ist?«

»Wo hast du die Kredenz hingetan?«

»Die Kredenz?«

»Ja, die schöne Ahornkredenz von Großmutter!«

»Die war zu groß, ich brauchte Luft.«

»Das geht so nicht! Hör damit auf! Ich hätte sie gern genommen!«

»Und wo hättest du sie in deiner kleinen Wohnung untergebracht? Was hätten deine Mitbewohnerinnen gesagt?«

»Mama ...«

»Deine Großmutter war neulich zu Besuch und hat mich furchtbar genervt. Da ist es passiert.«

»Du hast auch die Lautsprecher runtergerissen.«

»Ich wollte draußen ein bisschen Musik hören. Man kann sich beim Rasenmähen hyperaktiver Nachbarn nur schwer erholen.«

»Gab es keine andere Möglichkeit? Musstest du sie runterreißen?«

»Ja.«

Sie seufzte leise und verzichtete darauf, mit mir zu schimpfen.

»Sag es deinen Brüdern nicht.«

»Irgendwann werden sie schon merken, dass überall etwas fehlt. Die ganzen Lücken werden ihnen schon selbst auffallen.«

»Sollen wir uns nächsten Samstag zum Abendessen treffen?«

»Samstag, ja, also ich könnte da.«

»Wir könnten am Nachmittag Äpfel pflücken und danach einen Apfelkuchen backen. Ich mache auch einen Eintopf.«

»Vegetarisch?«

»Dann mache ich zwei.«

»Jaaa.«

»Wir ziehen Thanksgiving vor.«

»Ja, aber die Jungs kommen sicher nicht mit zum Äpfelpflücken.«

»Macht nichts, zwei Leute reichen, um einen Korb zu ernten.«

Samstagabend

Ich machte mir eine *Omeletta natural.* Für ein Essen am Samstagabend ist das derart banal, dass ich es lieber auf Spanisch sage. Da ich nicht wusste, was ich zu diesem einfachen Gericht trinken sollte, brühte ich mir einen gesunden Kräutertee auf. Danach lief ich durch alle Zimmer des Hauses, vorsichtig, damit sich nichts bewegte, auch nicht der Staub, den ich schon lange nicht mehr weggewischt hatte. Die Böden alter kanadischer Häuser sind alles andere als diskret, und so kamen jede Menge Erinnerungen hoch, als ich sie knarren hörte, unaufhaltbar wie Fruchtfliegen.

Es ist Nacht, Jacques geht leise durchs Haus und flüstert Alexandre Kinderreime ins Ohr, weil er nicht schlafen will.

»Dieses Kind macht uns noch verrückt!«

Im Badezimmer rasiert Jacques sich und erklärt Antoine, dass man das erst machen kann, wenn einem der Bart wächst. Der Kleine kratzt sich den Schaum auf seinen Wangen mit einem Plastikteelöffel ab.

Ich bringe den Jungen Brötchen mit gegrilltem Käse. Sie errichten mit ihrem Vater, der noch seinen Pyjama anhat, auf ihrem Zimmerfußboden ein riesiges Legogebäude. Am Samstag kann man zu Mittag essen, wo man will.

Jacques kämpft mit einem Haargummi, um Charlotte einen Zopf zu machen. Ich verstecke mich, damit keiner sieht, wie ich mich amüsiere. Als sie schreit, weiß ich, dass er die oberen Strähnen erwischt hat.

Draußen weht ein starker Wind, wir lieben uns, sind glücklich, unser schneller Atem tut sich mit den Windböen zusammen.

Jacques legt mir eine warme Decke um die Schultern und küsst mich auf die Stirn. Ich halte die Augen geschlossen, um die zarte Berührung seiner Hand auf meinem Arm besser zu spüren. Nächte, in denen man sich um die Kinder mit Brechdurchfall kümmert, sind lang. Wenn wir an der Reihe sind, haben wir nichts mehr im Magen, um uns zu übergeben.

Jacques hält Alex in den Armen und schließt die Augen, als würde er beten. Als der Kleine die Treppe herunterkam wie ein ungelenker Clown, hatten wir schon das Schlimmste befürchtet. Alex mag keinen Zirkus.

Jacques massiert sich die ergrauten Schläfen vor dem Badezimmerspiegel. Er trägt große Verantwortung in seinem Beruf, und manchmal bereitet ihm das schlaflose Nächte.

Ich weine in Charlottes Zimmer, weil sie jetzt auch ausziehen wird. Jacques setzt sich neben mich auf ihr Bett und lässt langsam die Luft aus seiner Lunge entweichen. Das ist seine Art zu weinen, so hat er das schon immer gemacht.

Ich betrete unser aufgegebenes Schlafzimmer. Alles, was mir gehört, habe ich in den Schrank und die Kommode des Gästezimmers geräumt. Aber ich war nicht vorsichtig genug. Ich sehe mein Spiegelbild im großen Schrank hinter der Tür. Ich bin eine Frau, die völlig am Ende ist. All diese Abschiede haben mich zerstört. Als Jacques noch da war, haben die Nähte gehalten, seit er weg ist, bestehe ich nur noch aus kleinen Partikeln aus nichts. Ich hasse mich von Grund auf. Ich bin allein. Ich weiß nicht, wie ich weitermachen soll.

»Also wirklich, Diane.«

Sonntagnachmittag

Claudine kam früher als erwartet, ich las gerade in meinem Korbsessel, vom scheußlichen Lärm der Bohrer gestört.

»Ich habe vorne geklingelt, hast du mich nicht gehört?«

»Nein, es ist ziemlich laut hier, das merkst du ja.«

»Meine Güte, wird der Tag des Herrn in den Vororten denn gar nicht mehr geheiligt?«

»Du siehst aber schick aus!«

Sie hatte sich super sexy angezogen, ganz in Schwarz, mit einer schönen blaugrauen Jacke und schwindelerregend hohen Absätzen. Sie hatte sich sorgfältig gekämmt, geschminkt, parfümiert und die Nägel lackiert.

»Hast du dich nur für mich so schön gemacht?«

»Nur für dich.«

»Das ist übertrieben.«

»Du hast es verdient.«

»Sind die Mädchen bei ihrem Vater?«

»Oh ja, und ich bin froh, sie für ein paar Tage los zu sein. Der einen wäre ich fast an die Gurgel gegangen.«

»Ich dachte, es geht inzwischen besser.«

»Wenn ich davon absehe, dass die Schule am Donnerstag wegen Adèle angerufen hat und Laurie jedes Mal, wenn ich sie um etwas bitte, anfängt zu murren, läuft alles super gut. Ich glaube, mit ihrem Freund ist es aus.«

»Jetzt schon?«

»Ja, deine Terrasse sieht übrigens hübsch aus.«

»Wie auf dem Land.«

»Und weniger Arbeit.«

»Ist doch auch schöner, oder?«

Sie ließ sich auf einen Stuhl fallen, der zum Glück Zeit genug hatte zu trocknen.

»Wir haben doch noch Sekt, oder?«

»Es ist doch erst halb vier!«

»Das ist die beste Zeit für Sekt.«

Wir köpften die Flasche und tauschten erst einmal allen Tratsch aus dem Büro aus. Eine Stunde lang jammerten wir, wie schlecht die Firma organisiert sei, wie unfähig die Mitarbeiter seien, dass sich die Sekretärinnen anzögen wie Pornostars, die Klimaanlage nie funktionierte, dass *Chez Joe*, unsere Lieblingsfrittenbude, geschlossen hatte, dass sie Suzanne gekündigt hatten. Dann verriet mir Claudine ein paar Geheimnisse aus der Personalabteilung, und natürlich würde ich wie ein Grab schweigen. Nie sage ich weiter oder schreibe auf, was sie mir erzählt. Zu meinem größten Erstaunen erfuhr ich, dass sich hinter Marthas gesundheitlichen Problemen eine große Schönheitsoperation verbarg: völlige Umgestaltung des Gewebes am Unterleib und Brustvergrößerung. Wäre mir nicht aufgefallen, verdammt gute Arbeit. Claudine hatte sich vorsichtshalber die Adresse des Chirurgen gemerkt, für alle Fälle.

Wir waren schon ganz schön beschwipst, als sie ihre brennende Neugier nicht mehr zurückhalten konnte und sagte:

»Kann ich die Karte von J. P. sehen?«

»Ach, die ist nicht so spannend.«

»Los, zeig schon her!«

Claudine war eine absolute Romantikerin. Und so las sie auch die Karte. Ich hätte nicht nur schöne Augen, sondern auch schöne Beine – das verbarg sich angeblich hinter der Bemerkung, dass mir die Stiefel gut standen –, er fände mich schön von Kopf bis Fuß und sei vermutlich heimlich in mich verliebt, was man an dem Wort »wirklich« in »du hast wirklich schöne Augen« erkennen könnte. Dann hatte er auch noch mit »Chin-chin« beendet, was nichts anderes sei als eine indirekte Aufforderung, eines Tages mit ihm ein Glas trinken zu gehen. Gegen alle meine Versuche, die Sache mit den Stiefeln als unwichtiges Ereignis abzutun, wehrte sie sich gehörig und redete von Schicksal, einer Geschichte, die im Großen Buch vermerkt sei, dessen erste Seite bereits umgeblättert sei, und ein glücklicher Ausgang der Sache sei gewiss.

»Hör auf, Claudine, es gibt kein Schicksal, du hast mich mit einem öden Ordner zu ihm geschickt. Weil er der einzige Mann war, den zu küssen ich vielleicht Lust gehabt hätte, wenn es beide wünschten, wenn er keine Frau hätte, wenn es eine günstige Gelegenheit gäbe, von den anderen Wenns, an die ich gerade nicht denke, mal abgesehen.«

»Das Schicksal hat gewollt, dass ich dich dorthin schicke.«

»Du wusstest, er war der einzige Kerl in der Firma, der infrage käme.«

»Das Schicksal hat gewollt, dass ich dir das vorschlage und du darauf eingehst.«

»Dein Schicksal ist verheiratet.«

»Seit wann steht eine Ehe anderem im Wege? Ich bin sicher, wenn wir uns die Mühe machten, dies ernsthaft zu recherchieren, würde man merken, dass Ehemänner ihre Frauen häufiger betrügen als Unverheiratete. Das können einhundert Prozent der Frauen hier im Raum bestätigen.«

»Übrigens, Jacques hat mich am Freitag angerufen. Es schien wichtig zu sein.«

»Tatsächlich.«

»Ich habe gesagt, ich könnte erst am 23. mit ihm reden.«

»Warum gerade am 23.?«

»Aus Spaß.«

»Gut gemacht.«

»Ich frage mich, was er von mir will.«

»Diane ...«

»Was?«

»Das riecht voll nach Scheidung.«

»Daran hatte ich noch gar nicht gedacht.«

»Diese Tussis wollen immer heiraten.«

Wir gaben uns unserem Zynismus hin, bis wir die Flasche geleert hatten. Da kam Monsieur Nadaud heraus, der fürchtete, dass die Blätter angefangen hatten, sich auf seinem Rasen zu zersetzen. Er hatte seinen Laubbläser dabei, ihn gleich angemacht und mit der Arbeit begonnen.

Ich stand in aller Ruhe auf, lief über meine Wiese und dann über seinen Rasen und zog mit aller Kraft an dem Kabel. Sein brandneuer Black & Decker gab einen letzten Seufzer von sich und wurde wieder zum unbelebten Objekt. Es war dasselbe passiert wie bei Laurie auf der Beerdigung, das Kabel verdrehte sich beim Rausziehen, und das Gerät schlug kleine Funken, bevor es erlosch. Das Ganze hatte nur zehn Sekunden gedauert. Jetzt konnten wir weitertrinken und das Rascheln des Grases im Wind hören.

Claudine hielt sich vor Lachen den Bauch, während

Monsieur Nadaud mir wütende Blicke zuwarf. Zu mehr war er nicht in der Lage, denn in seinem Wesen war nicht ein Hauch von Böswilligkeit.

»Wovon sprachen wir noch gleich?«

»Du bist verrückt!«

»Das ist Lauries Schuld, ich bin leicht zu beeinflussen.«

Es kam keine Polizei, und der Sekt war geleert. Mr Nadaud zog sich zu seiner Frau zurück, um die Beerdigung des Laubbläsers vorzubereiten. Im schlimmsten Fall würde er sich rächen, indem er in meiner Abwesenheit meine Wiese mähte. Am Ende wäre mir das sogar recht gewesen. Unkraut ist der ideale Lebensraum für Ungeziefer.

Der Himmel war wunderschön, die untergehende Sonne färbte alles, was sie berührte, rot, der Weißwein, den wir jetzt tranken, war ausgezeichnet, Käse, Obst, die Ruhe, alles wunderbar. Sogar die Jungs von der Baustelle in der Nr. 5412 hatten angefangen, ihre Sachen aufzuräumen. Claudine hatte ihr Handy an die Stereoanlage angeschlossen, wir hörten alte Madonna-Songs und sangen mit. Wir waren Superstars, Virgins, Material Girls in einer Vorstadt, die nicht mehr existierte.

»Ich hab schon mal zu diesem Lied getanzt. Ich war im Jazztanz-Kurs und wollte Tänzerin werden wie Irene Cara aus *Flashdance.*«

»Ich habe so oft zu dieser Melodie getanzt.«

»Und ich konnte die ganze Choreografie auswendig. Warte mal, sieh her!«

Claudine zog ihre Schuhe mit den hohen Absätzen aus und machte mich zum Jurymitglied, wie in dem Video. Sie sprang auf der Stelle in die Höhe, streckte Füße und Fäuste aus, machte kleine Sprünge und rollte mit dem Kopf hin und her, sie probierte sogar einen Spagat, der ihr ziemlich gut gelang. Es war nicht so beeindruckend wie in dem Film, weil nicht alles so rasch aufeinander folgte, doch man merkte, dass sie die Abläufe draufhatte. Mit der Zeit wurde sie etwas langsamer und schwerfälliger – auch ihre elegante Kleidung behinderte sie –, aber die Magie wirkte.

Ich wollte losschreien, als sie sich mit zu viel Schwung nach hinten warf, sich überschlug und unterhalb der Terrasse liegen blieb, aber es drang kein Laut aus meiner Kehle.

Claudine lag da, hielt sich die Arme und stieß laut einen ganzen Schwall von Flüchen aus. Die Jungs von der Baustelle nebenan kamen, um zu fragen, ob alles okay sei. Sie hatten die Szene von ihrem Aussichtsturm aus beobachtet. Auch der tätowierte Typ war da. Als ich Claudines schmerzverzerrtes Gesicht sah, wusste ich, dass wir unseren Rausch in der Notaufnahme des Krankenhauses ausschlafen würden und nicht mit diesen Männern weitertrinken konnten.

»Zeigen Sie mal her, tut Ihnen der Unterarm weh?«

Mit seinen schwarzen, rissigen Händen hob er sie vorsichtig hoch wie ein Neugeborenes, um sie näher zu betrachten. Er kniete in einer anrührenden Pose neben der wilden Schönheit, als diese sagte: »Ich kann mich nicht rühren, verdammt … es tut zu sehr weh.«

»Und die Finger?«

»Ich kann sie bewegen, aber nur ein bisschen.«

»Sind Sie auf Ihren Arm gefallen?«

»Ja, verflucht noch mal!«

»Ich würde es nicht drauf ankommen lassen und zum Röntgen fahren.«

Ich war nicht mehr in der Lage, mich hinters Steuer zu setzen, und Claudine sowieso nicht. Weder unser Kopf noch unsere Arme waren dazu in der Lage.

»Ich rufe ein Taxi!«

»Wir können Sie zum Krankenhaus bringen, ich muss sowieso in die Stadt.«

»Diane, bleib hier, das verdirbt dir noch den ganzen Abend. Krankenhäuser sind langweilig und öde, und es dauert bestimmt sehr lange.«

»Langweilig und öde, und es dauert. Ich komme mit.«

»Nimm auch den Wein mit!«

»Ist keiner mehr da.«

»Verdammt!«

Und so fanden wir uns eng zusammengedrängt auf der Bank eines Lieferwagens voller Werkzeuge neben einem barmherzigen Samariter wieder, der so nach schwerer Arbeit roch, dass unsere Alkoholfahnen gar nicht auffielen. Ich konnte jetzt auf seinem Arm die Tattoos genauer betrachten. Was ich für Flammen gehalten hatte, waren die Haare einer Frau, die um ihren nackten Körper wehten. Demnach zu urteilen, was ich durch die Haare hindurch sehen konnte, war es eine Frau, die Sport trieb.

Im Krankenhaus erzählten wir der Schwester von unserem Nachmittag, sie musste sehr lachen. Wir ließen auch die Sache mit dem Laubgebläse nicht aus, so wurde alles noch anschaulicher. Sie hatte keine Ahnung, wer Irene Cara war, konnte sich aber alles gut vorstellen. Sie fragte sich nur, warum nicht ich mit meiner bequemen Kleidung diejenige war, die getanzt hatte.

»Ich habe kein Rhythmusgefühl, ich kann nicht tanzen.«

»Ach so.«

Sicher hatte sie schon viele merkwürdige Leute erlebt. Deshalb fragte sie nicht weiter nach.

»Sie haben also eine falsche Bewegung gemacht.«

»Nein, ich bin gefallen, ganz böse gefallen.«

»Okay, ein Sturz. Aus welcher Höhe ungefähr?«

»Wie hoch ist deine Terrasse?«

»Ungefähr ein Meter.«

»Was für ein Untergrund?«

»Der des Abflugs oder der der Landung?«

»Der Landung.«

»Eine Wiese.«

»Hohes Gras?«

»Ja, zum Glück.«

»Sind Sie über das Geländer gefallen?«

»Es gibt keins.«

»Schade.«

»Allerdings.«

»Setzen Sie sich dorthin, Sie werden aufgerufen.«

Nach einer Stunde prüfte eine andere Schwester Claudines Reflexe und legte eine Schiene an ihren Arm. Dann gesellten wir uns zur Schar der Verletzten im Warteraum. Alle kämpften mithilfe von TV-Serien ohne Ton und alten Zeitschriften gegen Schmerz und Langeweile.

Dann kam eine Frau laut schreiend auf einer Trage herein. Sie war angeschnallt, und ihr Kopf drehte sich heftig von links nach rechts wie ein Turbo-Rasensprenger – Monsieur Nadaud hatte mir erklärt, wie man diese Dinger nennt. Es war schwer zu erkennen, ob ihr Leiden von innen oder durch äußere Einflüsse kam. Alle im Raum seufzten. Sie würde sicher als Erste drankommen. Leiden macht egoistisch.

»Ein Anfall von Wahnsinn?«

»Vielleicht hat sie nur Bauchschmerzen.«

»Ein Magengeschwür.«

»Eine Bauchfellentzündung.«

»Nierensteine.«

Die Frau, die neben uns saß, mischte sich in das Gespräch ein.

»Vielleicht hat sie erlebt, wie ihr Freund ihre Kinder mit dem Messer umgebracht hat.«

Dieser Satz erschreckte uns dermaßen, dass wir weder antworten noch klar denken konnten. Ich sah sie an, um herauszufinden, was sie hatte. Man konnte ihr aber nichts ansehen. Wie bei den meisten im Raum. Ich rückte etwas näher an Claudine heran.

Später, sehr viel später sogar, nachdem auch noch das letzte Atom Weißwein aus unserem Blut verschwunden war, begann Claudine plötzlich zu reden und sah dabei vor sich hin. Vielleicht hatte das lange Warten sie dazu gebracht, private Dinge preiszugeben.

»Ich ziehe mich immer schick an, wenn ich Philippe sehe. Da wir heute miteinander über Adèle sprechen mussten, wusste ich, dass wir genug Zeit zusammen verbringen würden, damit er mich ansehen konnte.«

»Meinst du das ernst?«

»Na ja ...«

Die Augen dieser schönen Frau schwammen in Tränen.

»Claudine, verdammt …«

»Ich weiß, dass du mich verstehen kannst. Leider.«

Sie glaubte immer noch daran, genau wie ich. Zwei sentimentale Frauen mit einem Kater, in einem ziemlich heruntergekommenen Krankenhaus. Wir mussten hier dringend weg.

»Du hast auch lange niemanden mehr richtig geküsst, oder?«

»Hm.«

Sie lachte und weinte zugleich, und ihre Tränen spülten den letzten Rest Mascara weg.

»Nenn mir einen, den du gern küssen würdest, ohne nachzudenken.«

»Irgendeinen Arzt, der hier vorbeikommt.«

»Mann oder Frau?«

»Egal.«

Viele Stunden später

»Hast du zur selben Zeit Tauchen und Jazztanz gemacht?«

»Ja und außerdem Eiskunstlauf, Gymnastik, Malerei und Geige.«

»Und jetzt machst du davon gar nichts mehr?«

»Nein.«

»Warum?«

»Ich konnte nichts so richtig gut, ich hätte Heidegger lesen sollen.«

KAPITEL 16

in dem ich Kaffee verschütte.

Die Sekretärin von J. P. war Feuer und Flamme und in den Startlöchern für die gerade beginnende neue Woche.

»Kann ich dir helfen?«

»Nein, ich wollte ihm nur Guten Tag sagen. Ich komme später noch mal.«

»Er ist bis Mittwoch in Toronto.«

»Macht nichts, dann komme ich am Donnerstag mal vorbei.«

»Er ruft mich gegen Abend an, um zu wissen, was passiert ist. Ich sage ihm, dass du hier warst. Worum geht es?«

(Das geht dich gar nichts an, du dumme Nuss.)

»Es geht um nichts weiter, als Guten Tag zu sagen.«

»Willst du ihm etwas aufschreiben?«

(Selbst wenn, du würdest davon nie etwas erfahren.)

»Mal sehen.«

»Wenn ich irgendetwas an ihn weitergeben soll, brauchst du es mir nur zu sagen.«

(Du kannst mich mal.)

»Nein danke.«

Mein Hass auf diese Frau war voll entbrannt, als

das Telefon vibrierte. Der Privatdetektiv, den ich vor ein paar Wochen engagiert hatte, wollte mir präsentieren, was er in der ersten Phase seiner Recherchen herausgefunden hatte. Bei unserem Treffen hatte er mir vorgeschlagen, jeweils Abschnitte von achtzehn Monaten zu beobachten und sich den Dingen langsam anzunähern, um nicht allzu plötzlich in die »Jauchegrube« zu springen. Er verwendete dauernd Metaphern aus der Lebenswelt der Schweine und benutzte ständig den Ausdruck »verdammter Schweinehund«. Wenn man sein Leben damit verbringt, im Mist anderer Menschen zu wühlen, ist das offenbar unvermeidlich.

Wir verabredeten uns in einem Café, das nicht weit vom Büro entfernt war. Hier gab es guten Kaffee. Ich konnte in der Pause schnell weggehen und sagen, ich hätte etwas Wichtiges zu erledigen. Ich musste ihm die zweite Rate für die erste Phase auszahlen (außerdem den Betrag für die Ausdrucke, die ich gerne wollte, ich bin eine Dinosaurierin, ich weiß), und so sagte er gleich, er käme dorthin.

Henri Deraîche, wie er hieß, kam pünktlich um 10:15 Uhr. Ich vermute, er hatte sich versteckt und auf den genauen Zeitpunkt gewartet, um als vertrauenswürdig und präzise zu gelten. Auch beim ersten Mal war er schon pünktlich erschienen, lächelnd und entspannt, und entsprach nicht dem Klischee des Privatdetektivs. Er hatte nichts von einem früheren Polizisten, der Alkoholiker war und knitterige Trenchcoats trug, sondern wirkte wie ein Streber, der in der Lage war, jedes Informationssystem zu knacken. Er hatte an diesem Tag zwar sein Toupet sorgfältig gekämmt, aber vergessen, den Schlaf aus seinen Augen hinter den dicken Brillengläsern zu entfernen. In der vielfachen Vergrößerung sah das nicht sehr vorteilhaft aus.

Ich hätte mir gewünscht, dass er mir einen Ordner mit zwei oder drei groß beschriebenen Blättern übergeben hätte, aus denen hervorging, dass sich Jacques nichts hatte zuschulden kommen lassen, und völlig reingewaschen wurde. Im Zusammenhang mit Charlène fürchtete ich mich vor bissigen Enthüllungen, die mich zwar nicht überraschen, aber doch unglücklich machen würden. Doch der Detektiv übergab mir einen Umschlag mit einem dicken Hefter, den ich kaum halten konnte.

»Das kann doch nicht mein Umschlag sein.«

»Sie sind doch Diane Delaunais.«

»Ja.«

»Wir haben uns am 29. August getroffen, um über meine Recherchen zu reden. Ihr Ex-Mann heißt Jacques Valois und gehört zu Brixton, Valois und Cie.?«

»Ja.«

»Dann gehört dieser Umschlag Ihnen. Hier ist die Rechnung für das letzte Honorar, Papierkosten inbegriffen. Am Ende des Hefters finden Sie die Aufstellung über Zeit und Recherchen.«

»Warum ist der denn so dick?«

»Die SMS nehmen viel Platz ein.«

»Die SMS?«

»Ja, ich habe sie alle festgehalten.«

»SMS worüber?«

»Das können Sie selbst sehen. Wenn Sie dazu bereit sind.«

In dem Hefter, den wir uns jetzt beide ansahen, unterhielt sich Jacques mit anderen Leuten, vermutlich Frauen. Wenn ich ihn öffnen würde, würden ihre Stimmen in meinem Kopf klingen wie Fingernägel auf einer Schultafel und meine Ehe komplett zerkratzen. Das war nur die erste Tranche, ein erster Messerstich, der sicher zum Tod führen würde. Dienstreisen, Kongresse, Golfpartien und abendliche Treffen rasten mir in wildem Tempo durch den Kopf. Diese Seiten, die zu lesen ich nicht die Kraft haben würde, waren voller Lügen und kleiner täglicher Intrigen.

Ich zog mein Scheckbuch hervor, schrieb in Ziffern und Worten die nötige Summe auf und unterschrieb mit meinem Namen Diane Delaunais. Eine Quittung wollte ich nicht.

»In Phase zwei könnten wir mit größeren Zeiträumen arbeiten ... Madame Delaunais?«

»...«

»Einverstanden?«

»Hm, nein. Ich melde mich wieder bei Ihnen.«

»Ich verstehe, denken Sie über alles nach. Sie wissen ja, wie Sie mich erreichen können.«

»Ja, danke.«

Er stand auf, tat einen Schritt, kam dann aber wieder zurück.

»Falls es Sie tröstet, es gibt wesentlich schlimmere Dokumente als diese.«

»Nein, das tröstet mich nicht.«

»Schade.«

Er verließ das Café, ohne etwas hinzuzufügen, und ließ mich allein mit einem dicken, giftigen Paket, das mein Leben zerstören konnte. Oder zumindest die Illusion von einem Leben, das ich bisher gehabt hatte. Ein daumendicker Stapel Papier, der ein grelles Licht auf meine Verblendung der achtzehn letzten Monate warf. Vielleicht würde ich mich davon nicht erholen.

Meine Pause war längst vorüber, als der Kellner kam und fragte, ob ich noch etwas bestellen wollte. Ich versuchte zu lächeln, aber offenbar sah ich furchtbar aus, denn er senkte die Augen und ging zu einem anderen Tisch. Er glaubte wohl, der Detektiv sei mein Lover und habe mich sitzen lassen.

Ich schickte unserer Sekretärin eine SMS und sagte, ich sei aufgehalten worden und käme so schnell wie möglich zurück. Sie möge mich bitte entschuldigen. Es war das erste Mal, dass ich sie um so etwas bat. Sie fragte nicht nach, warum.

»Hier ist alles in Ordnung, lass dir Zeit.«

Ich trank einen Schluck kalten Kaffee und ließ meinen Blick von Tisch zu Tisch streifen. An einem der hinteren entdeckte ich Monsieur Dutronc, den Chef der Exportabteilung. Er war nur selten bei uns im Büro, denn er reiste viel, um an allen möglichen Orten der Welt Handelsabkommen zu schließen. Seit ich in unserem Betrieb angefangen hatte, waren die Zahlen um das Dreifache gestiegen, weil sich seine Fangarme rund um den Globus bewegten. Unser Gehalt aber war weitgehend dasselbe geblieben. Die Begegnungen der meisten Angestellten mit der Führungsriege beschränkten sich auf die unerträglichen Reden, die sie uns regelmäßig bei Arbeitsessen hielt. Sie sollten uns unter anderem helfen, unsere Standards aufrechtzuerhalten. Während dieser alle drei Monate stattfindenden Happenings (die so schmerzhaft waren, dass wir sie trimenstruell nannten) amüsierte ich mich stets über die hohlen Phrasen der Chefs, die volle Taschen hatten, und stopfte mich mit Gebäck voll.

Monsieur Dutronc, von uns Ducon, Idiot, genannt, sprach lebhaft mit einer schönen jungen Frau – zu hübsch und zu jung. Sie war eine der beiden neuen Praktikantinnen, die beim letzten Arbeitsessen vorgestellt worden waren. Ich wusste nicht, zu welcher Abteilung sie gehörte, hatte mir aber ihren Vornamen gemerkt, Gabrielle. So hätte ich Charlotte nämlich gerne genannt, wenn Jacques mir die Wahl gelassen hätte. Das arme Mädchen musste sich wahrscheinlich gerade die lange Liste seiner kommerziellen Erfolge anhören, die er immer mit den fragwürdigsten Metaphern beschrieb. Kunden seien, so meinte er, in erster Linie Menschen, die man verführen, verzaubern und aussaugen musste. Kurz vor dem Akt an sich wäre es einfach, mit ihnen ins Geschäft zu kommen. »Es sind ja alles nur Worte.« Beide Parteien seien zufrieden, wenn es zum Austausch von Liquidität komme. »Haha, Liquidität, jaja ...« So ein Idiot! Doch solange er nur mit Worten wütete, war er harmlos, auch wenn ich ihn erbärmlich fand. Jetzt aber war er dabei, sein Kauderwelsch in die Tat umzusetzen, bei einer wehrlosen jungen Frau, aus einer überlegenen Position heraus, und das fand ich wirklich beunruhigend.

Ich beobachtete sie weiterhin diskret, um besser zu verstehen, was sie da machten. Gabrielle nickte bei allem, was er sagte, wickelte sich eine Haarsträhne um den Finger, blickte auf ihr Telefon, kratzte sich an der Handinnenfläche, fasste sich an die Lippen, nahm sich mit Mühe zusammen. Sie litt ganz offensichtlich. Ich hatte Lust aufzustehen, ihr die Hand entgegenzustrecken und zu sagen: »Komm, wir gehen.«

Meine Muttergefühle schrien Alarm. Hätte Charlotte in einer solchen Falle gesteckt, hätte ich ihrem Gesprächspartner die Augen ausgekratzt.

Ich war ganz in Gedanken versunken, als ich plötzlich sah, wie der dicke Perversling seine klebrige Pranke auf ihre blasse Hand legte und sie einhüllte wie eine schwarze Wolke. An der Spannung im Arm des Mädchens konnte man sehen, dass sie sich seinem Griff entziehen wollte. Er merkte, dass sie es vielleicht schaffen würde, nahm die zweite Hand dazu, hielt sie fest und zwang sie, ihn anzusehen.

Ich sprang auf. »Lass sie sofort los! Sie hat keine Lust, sich von einem alten Sack wie dir anmachen zu lassen. Du könntest ihr Großvater sein! Versuch es erst gar nicht, ich habe keine Angst vor dir, mit deiner Kohle und deinen korrupten Anwälten. Ich habe dich gefilmt, Ducon, du sitzt in der Scheiße. Schon mal was von sozialen Netzwerken gehört? An deiner Stelle hätte ich Angst, denn wenn man mal den Lack bei dir abkratzt, wird man sehen, wer du bist. Hunderte Journalisten hätten nichts dagegen, deine Schandtaten zu enthüllen, denn das bringt den Zeitungen Auflage, so bedauerlich das auch ist! Seit dreißig Jahren hast du deine Wurstfinger nicht mehr unter Kontrolle! Und jetzt pass gut auf: Nie mehr berührst du auch nur ein Atom von dieser Frau! Und auch von keiner anderen, dazu hast du kein Recht! Wenn ich erfahre, dass du diesem Mädchen unrecht tust, dann tue ich alles, damit dein Kopf rollt, und das ist keine Metapher. Wenn du hier rausgehst, darfst du nur eins machen: die gute Nachricht an deine Freunde weitergeben, die auch überall herumgrapschen. Die Zeiten, in denen der Job einem alles erlaubt, sind vorbei, Champion. Vor-bei!«

Während ich redete, klopfte ich mit dem Zeigefinger auf den Tisch. Bei jeder Silbe, jedem Ausruf. Ich machte sogar weiter, als mir der Fingernagel abbrach.

»Madame?«

(Halt die Klappe, jetzt rede ich ...)

»Entschuldigen Sie, Madame ...«

»Oh!«

Beim Aufstehen hatte ich meinen Stuhl umgeworfen. Der Kaffeerest am Grund meiner Tasse war verschüttet, zeichnete eine gerade Linie auf den Tisch und tropfte dann nach unten. Die Leute um mich starrten mich entweder an, oder sie versuchten wegzuschauen. Irgendwo in meinem Hirn hatte sich plötzlich ein Sicherheitsventil geöffnet, und ich konnte nichts mehr sagen. Vielleicht murmelte ich leise etwas vor mich hin, ich wusste es nicht. In jedem Fall wirkte ich, als sei ich verrückt, so wie man es von mir kannte.

Der Chef zog seine Hände zurück. Er sah mich an, ohne mich zu sehen, ich war bloß eine anonyme Angestellte. Ich atmete tief durch und ging. Ich fand mich ziemlich feige. Noch etwas, das ich mir zum Vorwurf machte.

Als ich wieder ins Büro kam, wartete Lyne schon ungeduldig auf mich.

»Die Buchhaltung hat wegen der Murdoch-Sache angerufen. Es schien dringend.«

»Ja, das ist es, ich kümmere mich drum.«

»Sie haben uns Farbvorschläge für die neuen Büros geschickt, sieh mal. Ich finde, das Beige hat einen Stich Rosa, und das Bordeauxrot ist zu dunkel.«

Ich entschied mich für das grünliche Gelb, die scheußlichste Farbe von allen, wie Entenkacke. Ich wollte meinem Büro wehtun. Wenn uns unsere Chefs so viel Hässlichkeit anboten, dann sicher nur, weil sie Freunde in der Möbelindustrie hatten, die unverkäufliche Büroausstattungen loswerden wollten. Leute, die dicke Rechnungen schrieben und dafür Gegenleistungen erhielten.

Als ich wieder in meinem Büro war, ließ ich mich auf meinen Stuhl fallen. Ich war mit den Nerven fertig und konnte nicht mehr stehen. In meiner zitternden Hand hielt ich den peinlichen Umschlag, der mir tonnenschwer vorkam. Ich hasste den Detektiv, der ihn mit Material gefüllt und in meinem Leben herumgeschnüffelt hatte, im Leben meines Mannes und seiner kaum verhohlenen Niederträchtigkeit. Ich hatte mir gewünscht, dass er meine Ehre reinwusch, sie mit ein paar schnellen, klaren Worten wiederherstellte, einen Bericht verfasste, der mich beruhigte. Aber er hatte in lauter Dingen herumgeschnüffelt, von denen ich nichts mehr wissen wollte. Ich drückte mit meinem ganzen Gewicht auf den Umschlag, maß die Höhe des Papierstapels, er war daumendick. Ich öffnete ihn, um das Papier anzufassen. Normale Dicke, kein Titelblatt aus Pappe, ein Stapel Unglück auf normalem, teilweise recyceltem Papier. Ich steckte alles wieder hinein.

Claudine war mit ihrem schönen neuen Gips zu Hause geblieben. Trotz ihres gebrochenen Arms konnte sie arbeiten, aber sie hatte sich ein bisschen freigenommen, um sich von der Aufregung zu erholen. Ich rief sie an, um zu fragen, wie es ihr ging, und ihr zu erzählen, wie ich das Letzte, was mir von meinem Leben geblieben war, auch noch ruiniert hatte, und das in einer einzigen Kaffeepause. Was soll ich sagen, ich bin eine langweilige, aber sehr effiziente Frau.

KAPITEL 17

in dem ich mir den Umschlag ansehe und Apfelkuchen esse.

Als ich nach Hause kam, ließ ich den Umschlag absichtlich im Auto liegen. Ich wollte darüber nachdenken, was geschehen würde, wenn ich ihn öffnete.

Erst gegen Mitternacht ging ich im Bademantel nach draußen, um ihn zu holen. Ich hatte Angst, ein Dieb könnte ihn finden und mich in den sozialen Netzwerken als betrogene Ehefrau präsentieren. Ich hatte ja keine Ahnung, was in dem verdammten Umschlag stand. Da sah ich die Nadauds in ihrer taghell erleuchteten Küche. Sie aßen zu Abend, sechs Stunden später als normal. Trotz der Kälte und meiner unpassenden Kleidung blieb ich stehen und beobachtete, wie sie mit Messer und Gabel ihr Essen zu sich nahmen. Ganz normale Menschen, die in einer seltsamen Szenerie speisten. Das musste ich mir näher ansehen.

Monsieur Nadaud öffnete die Tür.

»Guten Abend.«

»Guten Abend.«

»Ich wollte mich wegen des Laubgebläses entschuldigen. Ich werde es Ihnen ersetzen.«

»Das ist nicht nötig. Ich habe ein bisschen daran

herumgebastelt, und es funktioniert wieder ganz normal.«

»Ein Glück! Ich möchte mich trotzdem dafür entschuldigen, dass ich an dem Kabel gezogen habe wie eine Wilde, mit mir sind leider die Pferde durchgegangen.«

Seine Frau tauchte hinter ihm auf. Sie hielt den Kragen ihrer Jacke zu wie Frauen eines gewissen Alters, die Angst haben, sich zu erkälten.

»Ja, das stimmt, es geht Ihnen ja nicht gut in letzter Zeit, es ist ja auch schwer, was Ihnen zugestoßen ist, wir haben Verständnis dafür.«

»Das ist nett.«

»Seien Sie ihm nicht böse, er übertreibt es wirklich mit seinem Rasen, das ist wie eine Krankheit. Ich hätte es gemacht wie Sie, Madame Valois ... Entschuldigung, Sie haben sicher wieder Ihren Mädchennamen angenommen.«

»Ich habe nie den Namen von meinem Mann angenommen und heiße seit jeher Delaunais. Aber nichts für ungut.«

»Möchten Sie ein Stückchen Apfelkuchen mit uns essen? Er kommt gerade frisch aus dem Ofen.«

So fand ich mich in der Küche der Nadauds wieder, um Viertel nach zwölf, im Bademantel, und wir redeten über das Wetter und aßen Apfelkuchen. Ich hatte den Eindruck, in einem surrealistischen Film von David Lynch mitzuspielen. Hätte ihre Katze angefangen zu sprechen, so hätte mich das nicht gewundert.

»Hatten Sie etwas Wichtiges in Ihrem Auto vergessen?«

»Ja, eine Akte.«

»In einem braunen Umschlag? Entschuldigung, es geht mich ja nichts an.«

»Nein, nein, ist schon gut! Da ist kein Geld drin, es ist bloß streng geheim.«

»Passen Sie auf, dass niemand die Akte stiehlt, vor allem wenn es streng geheim ist.«

»Darf ich Ihnen eine indiskrete Frage stellen?«

»Ja.«

»Essen Sie immer so spät?«

Sie sahen mich verlegen an, als hätte ich nach etwas sehr Privatem gefragt, zum Beispiel, ob sie noch im selben Bett schliefen.

»Ja, seit einiger Zeit. Das haben wir uns mit der Rente allmählich angewöhnt.«

»Wir haben es erst gar nicht gemerkt.«

»Da wir keinen Grund mehr hatten, früh aufzustehen, hat sich alles immer weiter nach hinten verschoben.«

»Und wir sind immer später ins Bett gegangen. Man kann ja heute alle Sendungen aufnehmen, da verpasst man nichts mehr.«

»Sehen Sie sich auch amerikanische Serien an?«

»Aber natürlich, im Moment schauen wir *Game of Thrones*.«

»Wir können kaum erwarten, was als Nächstes passieren wird.«

»Für uns ist inzwischen der Tag zur Nacht und die Nacht zum Tag geworden.«

»Im Grunde ein Leben wie bei Jugendlichen?«

»Vielleicht schon, wir haben keine Kinder.«

»Und im Jugendalter haben wir schon gearbeitet.«

Sie sahen auf ihre Hände, blickten zu Boden und dann wieder auf den Tisch, als ob ihre Gedanken erst einen schweren Gang tun müssten, bis sie sie aussprechen konnten.

»Ich musste mir im Jahr unserer Hochzeit die Gebärmutter entfernen lassen.«

»Das tut mir sehr leid.«

»Nicht so schlimm, ist ja lange her.«

An der Art, wie sie sprachen, spürte man, dass ihre Worte so oft ausgesprochen worden waren, dass sie fast ihren Sinn verloren hatten.

»Entschuldigung wegen des Bademantels, das ist nicht gerade elegant, ich lag schon im Bett, als mir die Akte eingefallen ist.«

»Wir sind auch nicht gerade schick in unseren Alltagsklamotten.«

Da fiel mir wieder ein, dass die Nadauds die seltene Angewohnheit hatten, je nach Wochentag immer dieselben Sachen zu tragen. So wusste man immer, welcher Tag es war. Alexandre hatte mich darauf hingewiesen, kurz nachdem sie vor fünfzehn Jahren eingezogen waren (mit dem Erlös aus dem Verkauf ihrer Stadtwohnung hatten sie sich ein Haus in der Vorstadt für ihre Zeit als Rentner gekauft). In dieser »Tagnacht« trugen sie ihre Montagskleider: graue Hosen und marineblaue Jacken. Die Oberteile und Hosen oder Röcke waren immer von derselben Farbe. Für die Wäsche war das sicher sehr praktisch. Geschmack war eine andere Sache. Die Größe ihrer Kleidung passte ihnen gar nicht. Sie waren dicker geworden, ohne es zu merken, oder ihre Sachen waren durch das Waschen enger geworden. Doch in einer so ausgefallenen Situation, in der versöhnte Nachbarn mitten in der Nacht über einen vor langer Zeit verlorenen Uterus reden und Apfelkuchen essen, ist Kleidung nicht entscheidend.

»Ich wollte Ihnen auch noch sagen, dass ich Ihr Angebot wegen des Rasens annehme. Das hilft mir sehr, aber ich möchte dafür bezahlen.«

»Das kommt gar nicht infrage. Ich mache das gern Das ist doch nichts als Nachbarschaftshilfe.«

Eigentlich hatte ich mich ja darauf festgelegt, meine Wiese zu behalten, aber dieser Apfelkuchen in einer Welt größter Einsamkeit hatte meine Sturheit beseitigt. Auch wenn ich dieses Wort hasse, ich glaube, hier passt es: Ich hatte Mitleid mit ihnen. Ihre Bewegungen und ihre Stimmen strömten größte Langeweile aus. Alles um sie herum war grau und trübe, selbst die kleine Katze auf dem Bild an der beigefarbenen Wand, das eine Birke in einer tristen Ebene darstellte. In ein paar Jahren würde man sie mumifiziert in ihrer Küche finden, in ihrer völlig verwaschenen Tageskleidung. Und ich hatte ihnen auch noch wegen des Rasens Stress gemacht.

Nachdem ich mich verabschiedet hatte, trat ich hinaus in die beißende Kälte und fühlte ich mich plötzlich seltsam belebt. Ich blieb eine Weile auf meiner Wiese stehen, schloss die Augen, um Raum und Zeit um mich herum zu vergessen. Die Wärme verschwand langsam aus meiner Kleidung, ein Molekül nach dem anderen. Wenn ich schön ruhig stehen blieb und dem Wind keinen Widerstand leistete, könnte ich vielleicht in viele

Teile zerfallen, bis meine Knochen eine feine Schneeschicht bildeten. Es wäre schön, so zu verschwinden. So einfach, wie es schwer wäre, mich wiederzufinden. Ich wäre überall und nirgends.

In den nächsten Tagen versteckte ich den Umschlag an verschiedenen Orten und war überzeugt, ich würde ihn völlig vergessen, wenn ich ihn nur irgendwo in meinem Haus tief genug eingrub. Ich probierte alles aus, sämtliche Schränke, den Wäschetrockner, die Matratzen, die Bücherregale, die Ordner – nach der Logik, dass man ein Blatt nirgendwo besser verstecken kann als im Wald –, dann fand ich endlich den idealen Platz, fast zu perfekt: in dem Loch, das ich aus Versehen in die Wand gehauen hatte, als ich mein Sofa zertrümmerte. Ich rollte den Umschlag zusammen, um ihn in das Loch zu schieben. Er glitt hinein und fiel dann ganz nach unten. Um ihn wiederzubekommen, hätte ich die Wand aufschlagen müssen, und da die Kinder am Samstag kommen sollten, war es besser, ich würde das Haus nicht weiter malträtieren.

J. P. kam wie vorgesehen am Donnerstag zurück ins Büro. Josée-Josy stand auf, um mich zu begrüßen.

»Guten Tag, Diane!«

»Guten Tag, Josée.«

Eine tiefe Falte des Unbehagens tauchte zwischen ihren zu stark geschminkten Augen auf. Sie mochte ihren richtigen Namen nicht, das war unübersehbar. Ich zeigte das natürlichste Lächeln der Welt und tat ganz unschuldig. Aber auch ich konnte herumschnüffeln.

»Ist Jean-Paul wieder da?«

»Ja, aber er telefoniert gerade. Du kannst gern später wiederkommen? Oder willst du hier warten?«

»Nein danke.«

Als ich gerade gehen wollte, erschien der schöne J. P. im Türrahmen.

»Hallo, wolltest du zu mir?«

»Ja, wenn du ein paar Minuten hast.«

»Josy, bitte stell in den nächsten Minuten keine Gespräche durch.«

»In Ordnung.«

»Danke.«

Als ich in seinem Büro saß, hatte ich plötzlich das Gefühl, dass ich ihm besser nur eine E-Mail geschrieben hätte.

»Danke für den Sekt und den Wein. Das war wirklich zu viel.«

»Hätte ich das lieber lassen sollen?«

»Vielleicht, ja.«

»Ich habe es aber gern getan. Ich wusste nicht, ob du Wein oder Sekt lieber magst.«

»Ich mag beides sehr, ich habe alles mit Claudine getrunken.«

»Claudine?«

»Claudine Poulin aus der Personalabteilung.«

»Ah ja, eine sehr nette Frau.«

»Ja, das stimmt. Nach den beiden Flaschen sind wir im Krankenhaus gelandet.«

»Warum? Wart ihr derart betrunken?«

»Nein, na ja, ein bisschen, aber das ist eine lange Geschichte. Kennst du *Flashdance*?«

»Ja – *What a Feeling!*«

»Ach, du kennst das?«

»Ja klar.«

»Ein richtiger Mädchenfilm.«

»Genau, in dieser Zeit interessierte ich mich für Mädchen, also auch zwangsläufig für diesen Film.«

»Schlau, ihr Jungs.«

»Warum wart ihr denn im Krankenhaus?«

»Claudine hat sich den Unterarm gebrochen, als sie hinfiel.«

»...«

Er neigte den Kopf und drehte die Handinnenflächen nach oben.

»Erinnerst du dich an das Mädchen, das springt?«

»Ja, das Mädchen, dem Wasser über den Kopf geschüttet wird, bevor es den Pole Dance macht ...«

»Ja, aber ich rede von der Stelle in der Turnhalle vor der Jury ...«

»Genau, wo das Mädchen völlig verschwitzt ist und die Jurymitglieder auf sich aufmerksam macht.«

»Und du kennst die Stelle, wo sie sich rückwärts bewegt und den Fuß hebt ...«

»Ja.«

»Jetzt stell dir das auf einer Terrasse ohne Geländer vor.«

Er fasste sich mit beiden Händen an den Kopf und brach in Lachen aus. Dieser Mann strahlte eine wunderbare Freiheit aus. Ich konnte mir gut vorstellen, wie er mit Freunden ein Bier trank und Karten spielte oder sich Hockey-Partien ansah. Ein lebensfroher Mensch, den man in einer Bar zur Happy Hour antrifft und dem die Mädchen, die Erdnüsse knabbern und ihn anhimmeln, ganz gleichgültig sind. Während er so ausgiebig lachte, betrachtete ich seine rosa Lippen, bis ich im Geist unserem Kuss sehr nahe gekommen war. Ich näherte mich ihm sachte, mein Körper war ganz aufgeheizt, unsere Köpfe bewegten sich aufeinander zu, meine Lippen erreichten seinen Mund, und unsere warmen, feuchten, durstigen Zungen ...

»Diane?«

»Ja.«

»Alles okay?«

»Ja, ja, danke. Entschuldigung, ich bin noch müde, weil wir so spät aus dem Krankenhaus gekommen sind.«

»Es tut mir leid für Claudine.«

»Das braucht es nicht. Wir haben uns benommen wie dumme Gören und dafür die Quittung gekriegt. Bald werden wir sicher darüber lachen.«

»Das kann ich mir auch gut vorstellen.«

»Komm vorbei und signiere ihren Gips, wenn sie wieder da ist. Sie hatte noch nie einen und ist ganz aufgeregt. Aber erzähl die Geschichte bloß nicht weiter.«

»Keine Sorge.«

Er stand auf und begleitete mich zur Tür wie ein wahrer Gentleman. Während er den rechten Arm ausstreckte, um die Tür zu öffnen, legte er ganz natürlich seine linke Hand auf meine Schulter. Sein Körper berührte meinen für eine schöne, lange Sekunde. Er trug kein Parfüm. Ich wünschte mir so sehr, dass die Zeit anhielt und ich noch ein bisschen nah an ihm dranbleiben konnte, dass ich noch einen Moment stehen blieb.

»Danke für die Karte.«

»Das war ganz ernst gemeint. Ich wollte, dass du es weißt.«

Mein Atem ging zu schnell. Wenn ich hier nicht bald rauskam, brauchte ich eine Papiertüte.

»Tschüss, Diane!«

Als ich in der vierten Etage ankam, sah ich mich auf dem Flur um. Da war niemand. Ich zog meine Schuhe aus und rannte bis zu meinem Büro. Dann lief ich denselben Weg ein paarmal hin und her.

»Du wirst es nicht glauben.«

»Hast du dich in die Nesseln gesetzt?«

»Nein, es ist etwas Positives!«

»Erzähl.«

»Ich bin zu J.P. gegangen, wie du mir geraten hast. Ich habe mich für den Wein bedankt und für die Karte ...«

»Du hast ihm doch wohl nicht von unserem Nachmittag erzählt?«

»Nein, nicht alles, aber schon, dass wir im Krankenhaus gelandet sind. Mit deinem Gips fällt es doch ...«

»Was hast du ihm erzählt?«

»Na ja, dass ...«

»Du hast nicht wirklich ...?«

»Dass du gestolpert bist.«

»Wobei?«

»Beim Tanzen.«

»Diane! Alle werden sich über mich totlachen!«

»Keiner wird es erfahren.«

»Natürlich, alle werden es mitbekommen.«

»Ist doch nicht schlimm ...«

»Jedenfalls nicht für dich.«

»Bist du mir böse?«

»Ich hatte eigentlich geplant zu erzählen, dass ich von der Leiter gefallen bin, als ich die Regenrinne sauber machen wollte.«

»Was für eine langweilige Geschichte.«

»Ja, aber sich die Birne einzuhauen, weil man glaubt, ein *Flashdance*-Star zu sein, ist super peinlich.«

»Ist es gar nicht. Außerdem habe ich J. P. gebeten, nichts zu sagen.«

»Egal, erzähl, wie es weiterging.«

»Es ist nichts passiert, aber als er mich zur Tür seines Büros begleitete, hat sein Arm fast meinen berührt.«

»Und dann?«

»Mir wurde warm, ich war irgendwie aufgekratzt.«

»Ist das alles?«

»Ja, auch ziemlich langweilig.«

»Aufgekratzt im Sinn von erregt?«

»Das ist etwas stark ausgedrückt, aber es geht in die Richtung.«

»Und er?«

»Wie, er?«

»Wirkte auch er *aufgekratzt*?«

»Nein, das passierte alles nur in meinem Kopf.«

»Du darfst die Ausstrahlung sexueller Energie nicht vergessen, irgendwas muss er gespürt haben.«

»Ich habe mir doch nur vorgestellt, wie ich ihn küsse, und bin nicht in Gedanken auf ihm geritten.«

»Vielleicht, aber gespürt hat er sicher etwas.«

»Sag das nicht, sonst kann ich ihm nicht mehr unter die Augen treten.«

»Diane, seit du bei ihm mit einer unwichtigen Akte aufgetaucht bist, muss er etwas kapiert haben, sonst wäre er der letzte Idiot.«

»Meinst du?«

»Hattest du vor Jacques andere Freunde?«

»Ich weiß es nicht.«

»Na komm, sag Tante Claudine die Wahrheit.«

»Einen.«

»Nur einen? Willst du mich verarschen?«

»Da gab es noch einen weiteren, aber mit dem habe ich mich nur ein paarmal getroffen, das zählt nicht so richtig.«

»Okay, dann konzentriere dich weiter auf das Küssen. Das ist genau richtig! Du hast recht, es ist positiv, denn es passiert was.«

KAPITEL 18

in dem ich erkenne, dass manche Dinge perfekt sind, wenn sie nur aus drei Vierteln bestehen.

Wie Charlotte vorausgesagt hatte, waren wir beim Apfelpflücken nur zu zweit, so wie danach auch in der Küche. Wir nutzten die Zeit, in der wir allein waren, um Möbel zu rücken und die Bilder neu aufzuhängen, damit man die Löcher nicht sah, die ich durch Ungeschicklichkeit und beim Abnehmen der Lautsprecher in die Wand gerissen hatte. Wir brauchten teilweise eine Menge Fantasie, um gute Lösungen zu finden.

»Kommt Dominic zum Essen?«

»Ich weiß es nicht, er muss heute lange arbeiten, aber irgendwann im Lauf des Abends kommt er vorbei.«

»Wie geht es mit euch beiden?«

»Ganz okay.«

»Nur ganz okay?«

»Na ja, im Herbst hat er etwas mit einer anderen gehabt, und daran habe ich noch zu knacken.«

»Aber da wart ihr doch nicht mehr zusammen?«

»Wir hatten uns erst gerade getrennt.«

»Vielleicht wollte er dich vergessen?«

»Indem er mit einer bescheuerten Tussi anbändelt?«

»Charlotte, die anderen sind immer bescheuert. Das macht es leichter.«

»Nein, sie ist wirklich voll gestört.«

Bei der Geschichte mit Charlène war ich die Verrückte.

»Wegen des Lochs in der Wand: Was meinst du, sollen wir den Schrank davorschieben?«

Alexandre und Justin kamen Punkt 18 Uhr, zur ausgemachten Zeit. Sie brachten einen Blumenstrauß mit und einen sorgfältig ausgesuchten Wein, der den Geschmack des vegetarischen Eintopfs ergänzen sollte. Sie waren beide frisch rasiert und elegant angezogen wie immer. Ihr Parfüm, eine erlesene Mischung aus würzig und holzig, roch man erst beim Begrüßungskuss. Wie immer trugen sie Hemden in prächtigen Farben, mit Hipster-Mode hatte das nichts zu tun. Wenn sie in ein Zimmer traten, nahm das Licht ihre Farbe an. Alexandre gleicht seinem Vater bis aufs Haar, sodass ich immer Jacques vor Augen habe. Der Mann meines Lebens wird nie ganz verschwinden.

Antoine und Malika kamen eilig angerauscht. Zu spät und völlig verschwitzt. Mein Sohn hat in diesem Mädchen sein Alter Ego gefunden, sie lebt genau wie er in einer Dimension, in der die Zeit schneller vergeht als anderswo. Sie haben nie genug Zeit, um alles zu schaffen, was sie vorhaben, dabei haben sie weder Kinder noch Haustiere oder Pflanzen. Immer kamen sie angebraust und entschuldigten sich, nie konnten sie etwas dafür. Sie zogen sich in letzter Minute eilig an, und alles war immer ein bisschen improvisiert.

Antoine begann immer mit dem Satz: »Ich hatte keine Zeit, aber ...«. Ich hatte mich schon oft gefragt, wie ich ihnen beibringen sollte, dass man ein Hemd, bevor man es anzieht, wenigstens ein bisschen bügeln sollte, aber da ich nie die richtigen Worte dafür gefunden hatte, verzichtete ich lieber darauf. Entgegen allen Erwartungen hatten sie beide das Abitur geschafft, eine Arbeit gefunden und sie auch noch nicht verloren. Genau so, dachte ich, würden sie es auch schaffen, Kinder zu bekommen und großzuziehen. Ich stellte mich schon darauf ein, ihren Zeitmangel auszugleichen, wie eine gute moderne Oma. Ich dachte sogar daran, zu stricken.

Das Glück, sie an diesem Abend alle bei mir zu haben, ließ mich fast vergessen, wie unglücklich ich war, aber jede ihrer Bewegungen erinnerte mich an ihn, ihren kleinen Aufmerksamkeiten merkte ich an, dass sie mir etwas Gutes tun und mich trösten wollten. Keiner sagte etwas zu den fehlenden oder verschobenen Möbeln, obwohl der dicke Korbstuhl aus der Diele an der Stelle des Sofas stand, mitten im Wohnzimmer, allem guten Geschmack zum Trotz. Beim Aperitif schenkten sie mir Wein und Wasser ein, reichten mir Häppchen, als könnte ich nicht mehr laufen. Wenn ich meine Finger bekleckerte, gaben sie mir gleich eine neue Papierserviette. Sie hätten mich sogar zur Toilette begleitet, wenn ich darum gebeten hätte. Ich war ein Opfer, die verlassene Mutter im Haus der Familie, diejenige, die zurückgeblieben war. Sie beobachteten mich die ganze Zeit eindringlich, und ich versuchte, ihnen mit Lächeln und lustigen Geschichten zu beweisen, dass es mir gut ging. Die Geschichten mit dem Laubgebläse und dem gebrochenen Arm amüsierten alle sehr.

Als wir uns gerade zu Tisch setzen wollten, erschien Dominic. Ich hatte noch nie verstanden, was Charlotte an ihm fand. Er war nett, freundlich, aber so unverbindlich, mal hier, mal dort. Im Gegensatz zu Antoine und Malika hatte er allerdings genug Zeit. »Chill mal« war einer seiner Lieblingsausdrücke. Er hatte eine Art zu gehen, als wollte er den Lauf der Welt verlangsamen. So etwas löst bei mir das Gegenteil aus, es stresst mich. Aber da Charlottes Geschmack nicht meine Sache war, begnügte ich mich damit, meine Tochter in ihrer komplizierten Beziehung zu ihm zu unterstützen.

Er war übrigens ein engagierter Tierschützer und arbeitete an vorderster Front. Er fuhr mit seinem kleinen Lieferwagen durch die Gegend und sammelte verletzte Tiere auf: Tauben, Hunde, Schlangen, Lemuren, Taranteln, Lerchen. Bei jeder Gelegenheit schimpfte er über die Grausamkeit und Barbarei der Menschen. Manche seiner Geschichten waren sehr überzeugend und konnten einem den Appetit verderben. Ich muss zugeben, dass er Tiere rettete, fand ich zauberhaft.

Ich war etwas beunruhigt, als ich sah, wie er mit einer Kiste hereinkam. Vielleicht brachte er ein giftiges Tier, eine Eidechse ohne Schwanz, einen blinden Hamster ohne Fell mit. Irgendein empfindliches Wesen, das übel zugerichtet war.

»Hallo, Dominic!«

»Grüß dich, Didi!«

Ich brauchte ihm das Du erst gar nicht anbieten,

schon bei unserer ersten Begegnung nannte er mich einfach Didi.

»Na, was bringst du heute mit?«

»Warte, Mama, lass mich dir vorher was erklären.«

Charlotte stürzte auf uns zu, nahm die Box und stellte sie hinter sich, sodass ich nicht sehen konnte, was drin war. Mir wurde angst und bange. Sie wollte, dass wir erst zuhörten, bevor wir etwas zu sehen bekamen. Dann erzählte sie uns die Geschichte einer Katze, die von einem Auto überfahren worden war. Alle hatten sie für tot gehalten, aber in dem Müllsack, in den man sie geworfen hatte, war sie wiederauferstanden. Die Katze hatte den Beutel zerrissen und war zu ihren Besitzern zurückgekehrt. Doch sie bekamen den Schreck ihres Lebens. Sie hatten den Film *Friedhof der Kuscheltiere* nach dem Roman von Stephen King gesehen und dachten, die Katze sei eine Art Zombie aus dem Totenreich und wolle sie umbringen. Sie wollten, dass jemand die Katze abholte und einschläferte, denn das schwer verletzte Tier wollte den Balkon nicht mehr verlassen. Dominic holte sie ab, versprach, ihr eine Spritze geben zu lassen (eine Lüge, damit die Besitzer ruhig schlafen konnten), und brachte sie ins Tierheim. Der Tierarzt gab ihr eine zweite Chance und behandelte sie. Vielleicht auch eine zweite Serie von neun Leben, aber so weit ist die Wissenschaft noch nicht.

»Das Tier ist geheilt, ein hübsches Männchen von knapp einem Jahr. Es ist kastriert, wurmbehandelt und geimpft. Es ist ganz süß, kuschelig und weich.«

»Oh, ein Kater!«

»Zeig mal her, lass mal sehen!«

»Hol ihn raus!«

Man muss schon sagen, Charlotte ist ein intelligentes Mädchen. Sie wusste, eine Katze könnte man mir nur in Gegenwart all der anderen andrehen, wenn ich mich weder empören noch argumentieren konnte, ohne mich lauter vernünftigen Gegenargumenten auszuliefern. Jeder weiß ja, wie irre gut eine Tiertherapie für Kranke ist.

Charlotte öffnete sorgfältig die Box, und der Kater kam heraus, ein bisschen erschrocken durch die vielen Leute, die um seine Kiste herumstanden. Ich kapierte nicht gleich, was dieses Tier hatte, seine Bewegungen waren etwas unkoordiniert.

»He, der hat ja nur drei Beine!«

»Der arme Kleine!«

»Was?«

»Oh.«

Da war jetzt also nicht nur ein Kater, ihm fehlte auch noch ein Bein. Seine Behinderung war zugleich anrührend und abschreckend. Hätte ich ihn in dem Glauben, er sei tot, in einen Müllsack getan, hätte ich ihn auch nicht gern wieder herauskommen sehen. Er tat ein paar Schritte außerhalb der Kiste, blieb dann stehen, legte sein Hinterteil auf den Teppich und sah aus wie eine zerbrochene Nippfigur.

»Oh, wie süß!«

»Wow, ein süßes kleines Tier!«

»Irgendwie auch scheußlich.«

»Antoine, also wirklich!«

»Ich finde das seltsam.«

»Ihr werdet schon sehen, er ist super süß.«

Charlotte lächelte mich an und sagte dann leise:

»Keine Sorge, ich nehme ihn nachher wieder mit.«

Als ich sie fragte, was wohl ihre Mitbewohnerinnen davon halten würden, verdrehte sie leicht die Augen.

Ich habe keine Katzen- oder Hundeallergie und bin auch gegen nichts sonst allergisch. Eine leichte Intoleranz gegen Laubbläser habe ich immerhin. Wir hatten nie Haustiere für die Kinder, weil Jacques meinte, sie machten einem nur das Leben schwer und wären außerdem zu nichts gut. Er hasst Tierhaare, die an Stoffen hängen bleiben, im Essen landen und unter den Möbeln Fusseln bilden. Ich habe deshalb nie auf Haustieren bestanden. Bis Charlotte kam, hatte ich sogar vergessen, dass ich Katzen mochte.

Steve – so heißt dieser Kater tatsächlich – hat den ganzen Abend über keine seiner drei Pfoten auf den Boden gekriegt, hätte ich einen Kletterbaum gehabt, hätte das nichts geändert. Wir mussten fast Nummern ziehen, wer ihn als Nächster auf den Arm nehmen durfte. Auf einmal wussten alle etwas über Katzen zu erzählen. Dank Facebook kannten oder ertrugen alle jede Menge Tiergeschichten. Storys über supersüße Babys mit einem Herzmuster zwischen den Augen wechselten sich mit solchen über Katzengeburten im Körbchen, dumme Katzen, die sich unter die Motorhaube von Autos legten oder in den Auspuff krochen, Superkatzen, die Kinder, eine Frau, einen Hund, eine Lerche gerettet hatten, ab. Als Malika erzählte, dass die Großmutter einer Freundin versehentlich zwei Katzen getötet hatte, als sie die Treppe herunterfiel – sie legten sich immer gern auf den Teppich der Kellerstufen –, lachte ich Tränen, trotz der Dramatik der Sache und des empörten Gesichts von Charlotte, meiner hochsensiblen künftigen Tierärztin.

Danach erzählte jeder, wie es ihm so ging, was ihn gerade glücklich machte oder bedrückte. Lange hatte ich mich nicht mehr so wohlgefühlt. Die Luft drang bis tief in meine Lunge, wo sie seit Monaten nicht mehr hingekommen war. Das würde mir beim Joggen nützen.

Als meine Kinder noch klein waren, freute ich mich jeden Tag, wenn sie abends noch am Leben waren. Sie hätten ja geschlagen oder verletzt oder gar entführt werden können. Aber nein, genau wie ich es mir wünschte und worum ich den Gott Zufall immer wieder bat, sie kamen stets unversehrt nach Hause, höchstens mit ein paar Schrammen. Jetzt wo ich ihr Schicksal nicht mehr in der Hand hatte, war meine tiefe Angst von damals zu einem starken Gefühl der Dankbarkeit geworden. Ich wusste, dass es ein großes Glück für mich war, zu sehen, wie sie älter wurden. Fünfundzwanzig Jahre später würden wir um denselben Tisch sitzen, mit einer noch größeren Familie – gebildet durch all die Paarungen und Entpaarungen, die uns bevorstanden.

Mit so viel Rührung hatte ich noch nie an meinem Tisch gesessen. Na gut, in einer wirklich perfekten Welt würde es keine Smartphones geben, aber verbessern kann man sich immer.

Wir sprachen nicht über Jacques und über seine Trennung vom familiären Urkern. Künftig würde es eine Herausforderung sein, Feste, besondere Anlässe und sogar einfache Besuche zu organisieren. Aber das würden wir jeweils regeln, wenn es so weit wäre. Jetzt galt es, das zerbrechliche Gleichgewicht unseres neuen Lebens nicht zu stören. Auch die Kinder litten unter der Situation und würden Zeit brauchen, ihre Erinnerungen neu zu ordnen, uns beide einzeln und nicht als Paar zu lieben. An Jacques' leeren Platz hatte ich an diesem Abend Blumen, die Butter, den Wein und den Wasserkrug gestellt. Ich brauchte diesen Platz sowieso, weil ich ja die Kredenz seiner Mutter nicht mehr hatte. So war alles perfekt.

Als der Abend sich dem Ende zuneigte, umarmten mich Alexandre und Justin von beiden Seiten zugleich wortlos und sehr fest. Da kamen mir dann doch ein paar Tränen. Antoine sagte, er würde kommen und sich um den Hof kümmern, sobald er Zeit hätte – von Monsieur Nadaud sagte ich ihm nichts, er sollte denken, dass ich auf ihn zählte –, und Charlotte hatte sich etwas ganz Besonderes überlegt, es war mal wieder typisch.

»Kann ich dir den Kater ein bisschen hierlassen? Nur bis ich mit den Mädels gesprochen habe?«

»Ich dachte schon ...«

»Ich musste sie sofort nehmen, die Leute wollten sie zur Adoption freigeben, du verstehst schon ...«

»Natürlich, das verstehe ich, also lass sie hier, bis du alles geregelt hast.«

»Danke, Mama! Du bist wirklich toll, toll, supertoll!«

Schon als sie klein war, brachte sie jede Menge Tiere an, in gutem oder schlechtem Zustand, stinkend oder weniger, die sie irgendwo gefunden hatte – Tauben, verletzte Wühlmäuse, ach wie süß, ein Eichhörnchenbaby, das aus dem Nest gefallen war, Hunde, Eidechsen, Wiesel und so weiter. Manchmal hatte sie sie von Freunden bekommen. Wir konnten uns ihrer nur durch Tricks entledigen, die Charlotte tief verletzten. Dass sie Tierärztin werden wollte, überraschte keinen.

»Dominic hat im Wagen noch Essen und Katzenstreu.«

»Ihr hattet also alles schon vorbereitet.«

»Wenn du sagst, du willst oder kannst es nicht, ist das auch okay, ich kriege das schon hin.«

»Und wie?«

»Na ja ...«

»Ist ja schon gut, Schätzchen, es ist ja nur vorübergehend, hast du gesagt.«

»Ja, ich nehme ihn zu mir, sobald die Mädels Ja gesagt haben.«

»Kann der Kleine Treppen steigen?«

»Ja, es dauert ein bisschen, aber er schafft es. Er läuft ja wie ein normaler Kater.«

»Braucht er Medikamente?«

»Nein, er ist geheilt. Alles gut vernarbt. Pass aber trotzdem gut auf ihn auf.«

»Pinkelt er überall hin?«

»Nein, er ist an Katzenstreu gewöhnt.«

»Wie viel soll ich ihm zu essen geben?«

»Da ist ein Messbecher im Futtersack, ein Maß am Abend, eins morgens.«

»Und wenn ich abends mal nicht nach Hause komme?«

»Oh, hast du Neuigkeiten für uns?«

Sie strahlte mich an und faltete ihre Hände zum Gebet. Sie hätte sich wirklich einen Rettungsring für mich gewünscht. Aber ich konnte ihr doch schließlich nicht gestehen, wie ich mich gefühlt hatte, als J. P. mir ganz nah gekommen war, um die Tür zu öffnen. Ich hätte ihr nur leidgetan. Und ich konnte doch auch nicht zugeben, dass ich in diesem Moment fest überzeugt war, dass es kein Liebesleben mehr für mich gab.

»Ich gehe manchmal mit Claudino essen.«

»Nicht schlimm, dann gibst du ihm morgens zwei.«

»Geht er nach draußen?«

»Nein, noch nicht, es fehlt noch eine Impfung.«

»Er würde außerdem sofort gefressen.«

»Auf keinen Fall, er ist super schlau.«

Als sie gingen, war die Küche so aufgeräumt, als würde ich am nächsten Morgen mögliche Käufer empfangen. Ich muss zugeben, dass die Opferrolle, in der meine Kinder mich sahen, auch ein paar Vorteile hatte.

Steve, der Kater, folgte mir nach oben, legte sich auf den weichen Badezimmerteppich, während ich mich abschminkte, dann legte er sich auf mein Bett, auf das Kopfkissen, und schnurrte. Während er mir die Stirn ableckte, sah ich mir die haarlose Narbe an der Stelle an, wo das Bein fehlte. Als er sich an meinem Hals zusammenrollte, wusste ich, dass dies alles nur eine Falle war, in die ich hineingetappt war wie ein naives junges Ding.

»Magst du den Namen Steve?«

»...«

»Das ist doch kein Name für einen Kater.«

»...«

»Ich überlege mir etwas anderes für dich.«

Ich brauchte drei Tage, bis ich den richtigen Namen gefunden hatte. An diesen Tagen schnappte die Falle immer fester zu. Ich hatte es stets eilig, nach Hause zu kommen, um meinen dreibeinigen Kater wiederzusehen.

»Kistenkater. Weil du in einer Kiste zu mir gebracht wurdest. Gefällt es dir?«

»...«

»Egal. So heißt du ab sofort.«

»...«

»Ein Name aus zwei Wörtern, du hast echt Glück.«

Und so begann ich, mit Tieren zu reden.

»Und?«, fragte Claudine.

»Ich habe den Umschlag noch nicht aufgemacht.«

»Oh, mach ihn doch endlich auf.«

»Ich will nicht, ich habe ihn ordentlich in der Wand versteckt.«

»Wieso in der Wand?«

»Ich habe den Umschlag zusammengerollt und in das Loch in der Wohnzimmerwand gesteckt.«

»Dann geh und hole ihn.«

»Das kann ich nicht, das Loch ist gut einen Meter hoch und der Umschlag ist ganz nach unten gefallen.«

»Schieb deinen Arm rein, dann kommst du sicher dran.«

»Nein, dann müsste ich das Loch nach unten vergrößern.«

»Ja, dann mach das eben, du musst die Wand an dieser Stelle sowieso erneuern lassen.«

»Es geht nicht.«

»Warum?«

»Weil der dicke Korbsessel davorsteht.«

»Dann schieb ihn weg.«

»Das schaff ich nicht allein, er wiegt eine Tonne.«

»Wie ist er da hingekommen?«

»Charlotte hat mir gestern geholfen.«

»Oje, du kannst einen wirklich in den Wahnsinn treiben.«

»Ich bin einfach nicht bereit dazu, ich habe die Kraft nicht.«

»Gut, dann schließen wir die Akte vorerst. Hast du Jacques zurückgerufen?«

»Nein, erst am 23.«

»Bist du denn gar nicht neugierig?«

»Neugierig worauf? Auf die Scheidung?«

»Vielleicht geht es gar nicht darum.«

»Wenn er mich zurückhaben wollte, wüsste ich das.«

»Ja, das stimmt.«

Wenn ich ihr gesagt hätte, dass ich lächerlicherweise noch immer auf seine Rückkehr hoffte, wäre sie gekommen und hätte die Wand mit ihrem Gips aufgeschlagen.

»Was er mir zu sagen hat, wird mich maßlos ärgern, das ist sicher.«

»Du hast recht, es eilt nicht. Morgen sehen wir uns.«

»Kommst du schon zurück zur Arbeit?«

»Seit letzter Woche stapeln sich die Akten auf meinem Schreibtisch. Da komme ich lieber früher, sonst kann ich das alles gar nicht mehr schaffen. Ich soll außerdem zu einer wichtigen Sitzung kommen.«

KAPITEL 19

in dem ich herausfinde, dass manche Abgründe endlos sind.

Am nächsten Morgen empfing mich Johanne, die Sekretärin meiner Abteilung, mit zwei tiefen senkrechten Falten auf der Stirn. Die Gesichtsgeografie dieser Frau hatte mich schon immer tief beeindruckt.

»Jemand hat mehrmals für dich angerufen. Jemand, der dich anscheinend unbedingt sprechen will. Ich wollte aber deine Handynummer nicht rausgeben.«

»Wer war es denn?«

»Hat die Person nicht gesagt, und die Nummer war unterdrückt.«

»Ein Mann oder eine Frau?«

»Eine Frau.«

»Eine Frau? Und du hast ihre Stimme nicht erkannt?«

»Nein.«

»Alt oder jung?«

»Schwer zu sagen, vielleicht irgendwo in der Mitte? Sie hat gesagt, sie ruft später noch mal an.«

Es gab inzwischen eine stattliche Anzahl Frauen, die mich hassten. Ich sah auf das beigefarbene Telefon meines braunen Büros, das bald bordeauxrot sein würde, weil niemand außer mir für die Entenkacke gestimmt hatte. Claudines Rat folgend, versuchte ich, meine Angst zu vergessen, indem ich an etwas Positives dachte. Daran, wie ich mit meinen Nachbarn bei einem Stück Apfelkuchen Frieden geschlossen hatte. Ich dachte an den Arm von J. P., das gelungene Abendessen mit den Kindern, meinen Kistenkater.

Als es klingelte, griff ich so heftig zum Hörer, dass die Basisstation ans andere Ende des Zimmers flog. Ich musste mich schnell über meine Akten legen, damit die Gummiluftschlange nicht aus der Steckdose sauste und sie kaputt machte.

»Hier Diane Delaunais.«

»Guten Tag.«

»Guten Tag.«

»Ich muss mit Ihnen sprechen.«

»Wer sind Sie?«

»Können wir uns treffen?«

»Ja gut, wann?«

»So schnell wie möglich.«

»Jetzt gleich?«

»Ja, ich habe Zeit.«

»Ich erwarte Sie in meinem Büro.«

»Mir wäre es lieber, wenn wir uns anderswo treffen.«

»Anderswo? Das könnte schwierig für mich werden.«

»Wenn Sie möchten, können wir uns später nach Ihrer Arbeit treffen.«

»Nein, ich kann es schon einrichten. Es gib auf dem Boulevard René-Lévesque ein kleines Café, hier ganz in der Nähe. Es heißt ›Café‹.«

»In Ordnung.«

»Ich bin in zehn bis fünfzehn Minuten dort.«

»Perfekt.«

Dann legte die alterslose Frau auf. Sie hielt sich nicht damit auf, mir zu sagen, wer sie war oder woran wir uns erkennen könnten. Sie kannte außerdem meinen Namen, und so würden wir es schon schaffen, dachte ich mir.

»Johanne, nimm bitte die Anrufe an. Ich habe eine Verabredung mit der Frau ohne Namen.«

»Die vom Telefon heute Morgen?«

»Ja.«

»Sie hat nicht gesagt, wer sie ist?«

»Nein.«

»Und wo trefft ihr euch?«

»Im Café, nebenan. Wenn ich in einer halben Stunde nicht zurück bin, ruf bitte die Polizei.«

»Glaubst du, es ist gefährlich?«

»Nein, das war ein Witz. Es ist Viertel nach neun, und wir treffen uns in einem Café voller Menschen.«

Dennoch hatte ich auf dem Weg zu der mysteriösen Dame ein mulmiges Gefühl. Ich hatte die furchtbare Ahnung, dass der Umschlag trotz all meiner Vorkehrungen begann, sich von selbst zu öffnen.

Claudine hatte eine Besprechung. Ich hinterließ ihr aber noch eine Nachricht, dass ich eine Frau treffen würde, die vielleicht ein Serienkiller sei. So würde sich noch einer mehr Sorgen machen, dass ich nicht lebend aus dem Café herauskäme. Ich sah mich schon in einer Badewanne mit einer Niere weniger.

In dem Café entdeckte ich die Frau beinahe sofort.

Sie saß aufrecht da, ganz ruhig, regungslos, mit verschränkten Armen.

Im Gegensatz zu den anderen Gästen tippte sie nicht nervös auf ihrem Telefon oder einem Computer herum. Auch sie erkannte mich. Ich nehme an, dass ich aussehe wie eine Diane Delaunais. Sie stand auf und wies auf den Platz ihr gegenüber, reichte mir aber nicht die Hand. Ihr eher kühles Verhalten war auf eine Weise beruhigend. Sie war nicht gekommen, um mich zu verführen. Sie wollte sich auch nicht entschuldigen, es mit meinem Mann getrieben zu haben, während ich mich auf mein allzu ruhiges Glück konzentrierte. Im Gegenteil: Diese Frau war sauer.

Während sie sich setzte, seufzte sie laut. Sie deutete ein vorsichtiges Lächeln an, was ich nur an den Falten um ihre Augen erkennen konnte. Es war eine schöne Frau, eine Kate Winslet aus einer anderen Zeit. Viel zu alt für Jacques' aktuellen Geschmack.

»Ich heiße Marie.«

Eine schöne Frau mit einem schönen Namen. Manche werden so geboren.

»Diane Delaunais.«

»Ich weiß.«

»Kennen wir uns?«

»Indirekt schon.«

Gleich würde sie die Bombe platzen lassen. Ich spürte, dass uns etwas Unangenehmes verband. Wenn sie jetzt aufhörte, würde mein Leben vielleicht nicht aus den Fugen geraten. Wenn sie weitermachte, konnte sie mich mit ein paar mörderischen Worten zur Strecke bringen.

»Wir tragen die gleichen Stiefel.«

Sie streckte ihre Beine unter dem Tisch hervor und zeigte mir ihre schönen blauen Stiefel.

»Oh Gott, sind Sie die Frau von J. P.?«

Ihre Lippen begannen zu zittern, und sie hatte Tränen in den Augen.

Während ich nicht umhin konnte zu lächeln, hatte ich den Eindruck, dass sie gleich zusammenbrechen würde.

»Was ist los?«

»Ich habe einen Anruf bekommen.«

»Von wem?«

»Anonym.«

»Das ist ja wie im Film.«

»...«

»Und?«

»Da war jemand dran, der ... jemand hat mir gesagt ... hat mir von Ihnen und Jean-Paul erzählt.«

»Was?«

Einen flüchtigen Moment hatte ich Zweifel, dann überkam mich für eine halbe Sekunde Panik. Meine Geschichte mit J. P., wenn man überhaupt von so etwas reden konnte, hatte sich nur in meinen Hirn abgespielt, innerhalb einer hermetisch abgeschlossenen knöchernen Hirnschale.

»Was genau hat man Ihnen erzählt?«

»Dass er Ihnen dieselben Stiefel geschenkt hat.«

»Was für ein Unsinn! Ich hab sie mir übers Internet gekauft.«

»Mit Wein und einer Karte.«

Sie legte ihre Hände an den Mund, als hätte sie aus

Versehen gerülpst. Der Schmerz brannte ihr offenbar im Magen.

»Okay, Marie, ich erzähl Ihnen mal, was wirklich passiert ist. Sie haben Schuhgröße achtunddreißig.«

»…«

»Genau wie ich.«

»…«

»Als Jean-Paul mich gefragt hat, wo ich meine Stiefel gekauft habe, er fände sie so schön, habe ich sie ausgezogen, ihm hingestellt und bin weggerannt. Das war dermaßen dumm, ich bin auf Strümpfen aus dem Büro gelaufen.«

Jetzt konnte ich nicht mehr an mich halten, ich lachte aus vollem Hals, und Kate Winslet sah mich an, als sei ich nicht mehr ganz richtig im Kopf. Alle Frauen sind verrückt, Marie, alle. Wie oft sind wir bis zum Wahnsinn in irgendwen verliebt.

»Danach hat er sie mir in einer Geschenktüte zurückgeschickt, mit einer Flasche Wein in jedem Schuh, um sich zu bedanken. Er hatte für Sie die gleichen bestellt. Mit dem Markennamen und der Modellnummer war das nicht schwer.«

»Man hat mir gesagt, dass Sie sich immer wieder treffen.«

»Wer hat dir denn das erzählt? Erlauben Sie, dass ich du sage? War das auch diese anonyme Person?«

»Das ist unwichtig.«

»Oh nein, das ist sehr wichtig, denn die Person, die dir das erzählt hat, hat etwas gegen mich, aus verschiedenen Gründen, und versucht, sich zu rächen, indem sie mir Probleme bereitet. Es gibt solche Menschen nun mal, das ist traurig, aber wahr. Ich glaube, ich weiß, wer dich angerufen hat.«

»Vielleicht, aber …«

»Ich habe Jean-Paul nie anderswo als im Büro gesehen, nichts ist zwischen ihm und mir gewesen, das schwöre ich dir beim Kopf meiner Kinder. Ich weiß nicht mal, ob wir uns je die Hand gegeben haben. Sieh mich an, Marie, ich bin achtundvierzig, fast neunundvierzig, gerade ist nach fünfundzwanzig Jahren meine Ehe kaputtgegangen. Wenn ich nicht zu deprimiert bin, zerstöre ich in diesen Tagen mein Haus mit einem Vorschlaghammer und trinke dabei Weißwein, ich benehme mich wie eine Irre. Wie sollte dein Mann sich in eine Frau wie mich verlieben?«

»Ich weiß nicht …«

»Glaubst du, er hätte Lust, mit einer Frau wie mir zu schlafen?«

Da sah sie mich an, folgte mit den Augen der Kurve meiner Adlernase, betrachtete die tiefen Falten auf meinen Wangen und mein weiches Kinn. Als sie mir wieder in die Augen sah und den Ausdruck tiefer, beständiger Müdigkeit darin wahrnahm, fing ich an zu lächeln. Mir wäre lieber gewesen, sie hätte nicht geantwortet, aber sie sagte:

»Nein.«

»Natürlich nicht.«

Dann haben wir beide gelacht. Lachen kann Abszesse öffnen, und es befreite uns von diesem für einen Montagmorgen viel zu belastenden Gespräch. Es war von so trauriger Komik, dass ich auch ein paar Tränen vergoss, leicht zu verwechseln mit dem, was sie nicht bedeuteten. Auch ihre verbargen etwas, große Erleichterung nämlich. Jetzt, wo sie lachte, konnte ich besser sehen, wie schön sie war.

»Hast du schon vor diesem Anruf einmal an deinem Mann gezweifelt?«

»Nein, niemals.«

»Dann tu es auch weiterhin nicht. Jemand, der sich die Mühe gibt, dir italienische Stiefel für diesen Preis zu kaufen, muss dich sehr lieben.«

»Ja.«

»Hast du schon mal in einem Unternehmen gearbeitet, in dem die Angestellten den ganzen Tag in einem engen Büro eingesperrt sind?«

»Nein, ich bin Grundschullehrerin.«

»Wow! Du bist auch noch eine richtige Heldin!«

Wir verabschiedeten uns mit einem aufrichtigen Händedruck. Ich wollte schnell ins Büro zurück, um ein paar Rechnungen zu begleichen.

»Irgendwelche Anrufe, Johanne?«

»Wer war es?«

»Ich kann es dir wirklich nicht sagen, schwöre dir aber, dass es völlig unwichtig war. Es hat sich nur um ein kleines Missverständnis gehandelt.«

»Umso besser. Ich hatte mir schon Sorgen gemacht. Keine Nachrichten für dich, aber es herrscht heute eine solche Unruhe hier im Haus, ich weiß nicht, was los ist.«

»Sehr gut, ich gehe für zwei Minuten zu Josée, dann komme ich gleich wieder hoch.«

»Welche Josée?«

»Josy.«

»Hm?«

»Eigentlich heißt sie Josée.«

»Tatsächlich?«

»Ja, Madame.«

»Komisch, mir gefällt Josée besser.«

Ich nahm das Treppenhaus in die vierte Etage. Ich musste innerlich ruhig werden, mich beherrschen. Im Nachhinein glaube ich, ich wäre besser erst in den Keller gegangen und dann ganz, ganz langsam nach oben.

Wie gewohnt setzte Josée ihr falsches Lächeln auf, bevor sie mich mit einer Freundlichkeit, die so echt war wie ihre Fingernägel, fragte, ob sie mir helfen könnte. Sie trug einen prächtigen eierschalenweißen Blazer.

»Ja, du kannst mir helfen. Ist Jean-Paul da?«

»Nein, er hat eine Besprechung mit den Chefs. Er ist sicher bald zurück, möchtest du ...«

Ich haute mit der Hand fest auf ihren Schreibtisch. Alles, was darauf stand, hüpfte in die Höhe. Ihr kleiner superkitschiger Porzellanschäfer fiel auf die Nase, und ihr Plastikglas, das wie Kristall aussehen sollte, verlor alle Stifte, die darin gesteckt hatten. Da ihrer Tasse nichts passiert war, hielt ich den Finger in den Kaffee – sehr gut, er war lauwarm – dann nahm ich die Tasse am Henkel und schüttete Josy voll. Besonders den weißen Blazer. Der Stoff fügte sich ganz wunderbar und saugte die meiste Flüssigkeit auf. Der Rest wurde verspritzt.

»Ups!«

»Bist du verrückt?«

Sie rieb wie wild an den Revers ihres Blazers, aber der nasse Stoff zerfetzte die Papiertaschentücher. Ich ging mit angespanntem Kiefer auf sie zu und zeigte auf ihre gepuderte Nase:

»Wenn du nächstes Mal dein Lästermaul betätigst, informiere dich vorher besser.«

»Du kannst hier nicht einfach ... Was fällt dir ein!«

»Nein? Soll ich J. P. sagen, dass du seine Frau anonym angerufen hast, um ihr einen reinzuwürgen?«

»Verdammte Ziege!«

»Ich hoffe, dein CV ist in Ordnung, du dumme Kuh!«

Dann ging ich in die fünfte Etage und pfiff ein Lied von Joe Dassin. *»Petits pains au chocolat, la la la la.«* Dieser Tag wurde immer lustiger. Es war noch vor der Mittagspause, und schon hatte ich mehr Emotionen verspürt als sonst in einem ganzen Jahr. Das ist das Gute daran, wenn man so langweilig ist. Das kleinste bisschen kann zu einem spannenden Abenteuer werden.

Claudine hatte mir drei SMS geschickt, ich solle so schnell wie möglich bei ihr vorbeikommen. Ihre Besprechung war zu Ende. Ich lief in ihr Büro und platzte hinein.

»Na, wie geht es heute mit deinem Arm?«

»Ganz gut.«

»Super. Dann pass mal auf: Josy hat die Frau von J. P. angerufen, um ihr zu sagen, wir hätten eine Affäre. Schön wär's ja! Diese verdammte Ziege – sie hat mich gerade genau so genannt, deshalb kann ich es ruhig sagen –, sie hat die Tasche mit den Stiefeln geöffnet, bevor sie sie in mein Büro gebracht hat, und da hat sie gedacht, J. P. hätte sie mir geschenkt. Die hat uns ausspioniert, die Schnüffelnase! Immer wenn ich zu ihm gegangen bin, hat sie geglaubt, wir hätten kleine Stelldicheins. Wie blöd muss man sein, um sich so was auszudenken! Sicher willst du wissen, woher ich das alles weiß. Hör gut zu: von J.P.s Frau höchstpersönlich. Sie hat mich heute angerufen, damit wir uns treffen, aber bevor ich ins Café gegangen bin, wusste ich nicht, wer sie war. Ich hatte solche Angst, dass ich Johanne gesagt habe, die Polizei zu rufen, wenn ich nicht wiederkäme, es könnte gefährlich sein. Ich hatte ja keine Ahnung, mit wem ich es zu tun hatte. Verstehst du? Hast du meine SMS bekommen?«

»Ja, habe ich.«

»Ich dachte, es wäre klüger, wenn zwei Leute Bescheid wüssten. Als ich hinkam, habe ich schnell erkannt, wer sie war. Wir hatten die gleichen Stiefel. Ich wusste also sofort, es war die Frau von J.P.! Die Arme, du hättest mal ihr Gesicht sehen sollen, sie sah völlig fertig aus ... Alles in Ordnung?«

»Hmm.«

»Ich hab die Sache dann ziemlich schnell geklärt und sie gefragt, ob sie sich wirklich vorstellen könne, ihr Mann hätte etwas mit mir gehabt. Nein, hat sie dann geantwortet, das war zwar ein bisschen beleidigend, sie hätte gleich sagen können, wie hässlich und dick ich bin, aber ist ja egal, wir haben alles ziemlich schnell in Ordnung gebracht. Du hättest sie mal sehen sollen, wie Kate Winslet, das schwör ich dir, schöne, intelligente Augen. Ist bei dir wirklich alles in Ordnung?«

Claudine war kreidebleich. So hatte ich sie noch nie gesehen.

»Was ist los?«

Seit neun Uhr war sie schon die zweite Frau, der ich voller Beunruhigung diese Frage stellte.

»Claudine?«

Als sie aufstand und sich neben mich setzte, auf den zweiten Stuhl für Leute, die sich beschweren, nicht so abgenutzt wie der erste, wusste ich, dass etwas Ernstes geschehen war. Ich kriegte keine Luft mehr. Gleich würde sie mir erzählen, dass sie Krebs hätte. Mindestens.

»Los, rede schon. Du machst mir Angst.«

»Diane ...«

»Jetzt sag es schon!«

»Umstrukturierung.«

»Wer? Was? Verlierst du deinen Job?«

»Nein ....«

»Uff, du hast mich erschreckt!«

»...«

»Was? Ich?«

Sie nickte vorsichtig mit dem Kopf, als wollte sie den Schock dieser Nachricht verlangsamen.

»Ich?«

»Ein Drittel der Stellen. Sie wollen alle Verwaltungsposten nach Toronto verlegen.«

»Ein Drittel der Stellen, das sind aber viele Leute!«

»Ja, damit machen sie viele Leute kaputt, viele.«

»Musst du es allen beibringen?«

»Sie wollten, dass ich immer zwei Angestellte auf einmal treffe, um die Leute alle in einer Woche rauszuwerfen statt in zweien.«

»Das meinst du nicht im Ernst.«

»Ich habe sie zum Teufel geschickt.«

»Das wundert mich nicht.«

»Ja, sie brauchen mich zu sehr für diesen dreckigen Job. Ich kann mir das leisten. Sie haben gesagt, ich solle mich nicht aufregen, ein Gruppe Psychologen würde mir helfen. Gute Fließbandarbeit: Ich sage ihnen, dass sie den Job verlieren, dann packen sie ihre Sachen, gehen zum Psychologen und heulen dem was vor.«

In meinem Leben fing es langsam an auszusehen wie beim Weltuntergang. Ich hatte mir immer vorgestellt, dass es in einem Riesentsunami passieren würde, einer Feuerkugel, irgendetwas Spektakulärem. Doch es passierte auf die banalste Weise mit einer Reihe tödlicher Wörter, bei denen man nur kotzen konnte: Umstrukturierung der Verwaltung.

»Ich werde verdammt viel freie Zeit haben.«

»Du bekommst eine Abfindung über sechs Monate.«

»Na toll.«

»Diane, ich weiß nicht, was ich sagen soll …«

»Da gibt es nichts zu sagen. Ich beneide dich nicht um das, was du jetzt tun musst.«

»Wie sehr ich meinen Job manchmal hasse!«

»Hör zu. Ich gehe jetzt sofort nach Hause. Ich bin müde. Kannst du jemanden bitten, meine Sachen zusammenzupacken?

Sie werden es mit den Akten schon hinkriegen. Bei Murdoch wird sowieso so viel gemauschelt, dass es nur so kracht.«

»Ich kümmere mich drum. Ich bitte Émile um Hilfe.«

Während sie mich umarmte, fing sie an zu weinen. Ich habe keine einzige Träne vergossen. Ich war völlig am Ende.

»Wir sehen uns trotzdem wie immer, Claudine.«

»Ja, ich weiß, aber ich hab den Eindruck, dass du aus der Scheiße gar nicht mehr rauskommst.«

»Du auch nicht.«

Als ich aus ihrem Büro ging, schwebte ich schwerelos über dem polierten Beton. Ich kam mir vor wie ein ausgehöhlter Kürbis, kurz bevor er zerschnitten wird. Hätte ich die Kraft gehabt, wäre ich ein letztes Mal ohne Schuhe durch die Flure gerannt, aber meine Arme waren zu schwach, um meine Stiefel auszuziehen.

Ich nahm meine Handtasche, meine Schlüssel, meinen Mantel und ging, ohne etwas hinzuzufügen. Die Kollegen, die meinen Körper vorübergehen sahen, grüßten ihn, glaube ich, aber ich war schon weit weg, wie vom Grauen betäubt.

Da ich nichts Dringendes zu tun hatte, fuhr ich im Auto herum, über Autobahnen, Ausfahrten, Boulevards und unbekannte Straßen, ohne zu zählen, so wie man beim Fernsehen Chips isst. Ich hätte nie angehalten, wenn ich nicht unbedingt meine Blase hätte leeren müssen.

Ich wollte zum *Ultramar* zurückfahren, an dem ich vor ein paar Minuten vorbeigekommen war, voller Neonreklamen und Werbung für billiges Bier, stattdessen fuhr ich durch kleine Straßen, die ins Nirgendwo führten. Überall lagen plötzlich gelbe Felder, die aussahen wie aus einem früheren Jahrhundert. Ich wusste gar nicht, dass es solche Landschaften so nah an der Stadt gab. Auf einem Kiesstreifen am Rand der Straße öffnete ich die beiden Beifahrertüren, eine improvisierte Toilette. Vor mir wehten ein paar mickrige Ähren mit vertrockneten Blättern. Ich hob meinen Rock hoch, zog die Strumpfhose herunter und pinkelte im Hocken, während der eisige Wind um mein Hinterteil wehte. Ich versuchte, so gut ich konnte, meine schönen Schuhe zu schonen, die so wertvoll waren wie gebrauchte Eheringe. Trotz aller Vorsichtsmaßnahmen sprangen kleine goldene Tröpfchen auf das Leder, das bei der Berührung mit der Flüssigkeit schwarz wurde. Ich hatte das auf unserer Reise mit Jacques durch die Schweizer Alpen zum letzten Mal gemacht. Damals war ich noch etwas leichter und in der Lage gewesen, meine Knie vor den Spritzern zu schützen. Ich trocknete mich mit meinem Schal ab und ließ ihn da liegen. Die halb gefrorene Erde hatte meine kleine Pfütze schon fast aufgesaugt. Als ich wieder auf dem Fahrersitz saß, zog ich meine Stiefel aus und warf sie in den Graben. Unsere Geschichte hatte lange genug gedauert. Sie waren unweigerlich mit dem Ende meiner Ehe verbunden – und außerdem vollgepinkelt. Der Graben war genau der richtige Ort für sie.

Außer einer kleinen Hütte aus schlecht gehobeltem Holz gab es hier so gut wie gar nichts. Spatzen saßen auf Telefonmasten, schreiende Krähen, vielleicht irgendwo ein Kater mit drei Pfoten. Diese Leere entsprach dem Bild von meinem Leben. Mein geistiger Zustand passte genau in die Jahreszeit.

Auf meinem Telefon waren acht Nachrichten angezeigt. Claudine machte sich Sorgen. Ich musste sie gleich beruhigen, bevor sie die Armee, meine Familie und die Polizei alarmierte. Ich wollte zurück nach Hause, wollte vermeiden, dass meine Kinder mich noch mehr bemitleideten, und wollte auch nicht, dass Jacques kam, um mich aus tiefster Not zu retten.

»Bin mit dem Auto unterwegs. Muss nachdenken. Alles okay.«

»Ruf mich an, ich muss mit dir sprechen.«

»Später, versprochen.«

»Nein, sofort!«

»Bis später.«

Ich war wie eine Seiltänzerin auf dem gespannten Seil, konzentrierte mich darauf, nicht zu fallen. Wenn ich jetzt mit ihr redete, könnte ich leicht abstürzen.

Strumpfhosen sind nicht dazu gemacht, ohne Schuhe getragen zu werden.

Die Noppen auf dem Pedal drangen in meine Fußsohlen wie Rasierklingen. Sie wurden allmählich taub, und das konnte ich nicht lange durchhalten. Am Benzinanzeiger sah ich, dass das Ganze hier nicht gut ausgehen würde, falls ich nicht bald aus diesem Niemandsland herauskäme. Sobald ich in die Zivilisation zurückkehrte, könnte ich mir in irgendeinem Laden Schuhe kaufen, der für Spottpreise Klamotten anbot, von Menschen zu Hungerlöhnen hergestellt.

Zwei Kilometer weiter saß ein alter Mann vor einem kleinen grünen Haus. Er wiegte sich in einem Schaukelstuhl hin und her und trug eine karierte Jacke und eine Mütze aus Biberfell, der Schwanz baumelte ihm im Nacken. Das war meine Chance, Daniel Boome hielt Wache. Ich machte am Straßenrand halt und ließ die Scheibe herunter.

»Guten Tag.«

»…«

»Guten Tag!!«

»Ach, guten Tag!«

»Können Sie mir sagen, wie ich zur Autobahn komme?«

»Was?«

Ich beugte mich so weit aus dem Auto heraus wie nur möglich.

»Können Sie mir sagen, in welche Richtung ich fahren muss, um zur Autobahn zu kommen?«

Er hielt die Hand hinters Ohr und wiegte sich weiterhin – wie seltsam in dieser Kälte! Es war unhöflich, so zu brüllen, ohne auszusteigen, aber ich fand es auch nicht höflich von ihm, weiter in seinem Stuhl zu schaukeln. Schließlich stieg ich aus und lief zu der kleinen Außentreppe. Die Steinchen und die Kälte zerrissen mir die zarte Haut unter den Füßen. Jacques wäre allein bei dem Gedanken übel geworden, barfuß auf dem Land über einen schmutzigen Boden zu laufen, der vermutlich voller Mist war.

»Guten Tag, entschuldigen Sie die Störung.«

»Guten Tag, guten Tag.«

»Ja, guten Tag, ich habe mich verfahren, können Sie mir sagen, wie ich die Autobahn wiederfinde?«

»Woher kommen Sie?«

Woher ich kam? Was für eine seltsame Frage. Ich hätte es ihm gar nicht sagen können, denn ich wusste es nicht. In meinem Kopf war nichts als ein Wirrwarr düsterer Gedanken.

»Haben Sie keine Schuhe?«

»Ich hatte welche, habe sie aber gerade in den Graben geworfen.«

Ich spürte, dass er das schluckte. Er runzelte nicht mal die Stirn.

»Kommen Sie rein, armes Kind, Sie haben ja nichts an, so werden Sie sich den Tod holen.«

Als ich sah, wie mühsam er aufstand und zur Tür ging, dachte ich, er müsste über hundert sein. Alle seine Gelenke schienen festgeschweißt. Er ging wie ein Roboter der ersten Generation. Bei manchen Menschen braucht der Körper Zeit.

Im einzigen Zimmer des Erdgeschosses roch es nach verbrannter Butter. Aus dem Ofen, der mitten im Zimmer stand, drang leichter Dampf aus einem zerbeulten Kochtopf. Vielleicht war Gemüse darin. An den Wänden hingen überall Fotos, manche schon sehr alt, andere jüngeren Datums. Keiner der Rahmen hing gerade, als hätte es vor Kurzem ein Erdbeben gegeben. Der kleine Mann – ich war fast einen Kopf größer als er – ließ seine Schuhe an und ging zu einer Holztruhe hinten im Zimmer.

»Ich schenke Ihnen Pantoffeln. Ich habe welche für eine ganze Armee und brauche sie nicht.«

»Nein, ich möchte nicht, dass Sie mir Pantoffeln geben.«

»Seit meine Frau tot ist, ziehe ich im Haus die Stiefel nicht mehr aus.«

Er lachte, und ich sah eine beeindruckende Visage aus tiefen Falten und eine Reihe schwarzer Zahnstummel, mit denen er wohl nur noch weiche Sachen essen konnte. Schade, denn hier in der Gegend konnte man sicher frischen Mais bekommen.

»Es kommen auch nicht mehr viele zu Besuch.«

»Aber das kann ich nicht annehmen.«

»Welche Farbe tragen Sie?«

»Welche Farbe?«

»Meine Frau strickte Pantoffeln in allen Farben, damit es zu der Kleidung passte, wie sie sagte.«

»Meine Kleidung ist schwarz.«

»Schwarz? Fahren Sie zu einer Beerdigung?«

»Nein, ich mag Schwarz.«

»Wie?«

»Ich mag Schwarz!«

Er las mir die Worte von den Lippen ab, und ich versuchte, deutlicher zu sprechen.

»Ah, umso besser. Jetzt kommt die tote Jahreszeit und vor dem Winter räumt der Sensenmann auf. Hier, ich gebe Ihnen diese, wenn sie nicht passen, gucken Sie in der Kiste nach. Sie haben bestimmt große Füße, Sie sind ja selbst sehr groß.«

Er reichte mir zwei unterschiedliche Pantoffeln, einer war weißgrün, der andere braun, aus gutem Polyestergarn gestrickt, wie meine Großmutter zu sagen pflegte. Sie waren steif wie alles aus Synthetik. Leichte Nostalgie stieg in mir auf.

»Vielen Dank, Sie retten mir das Leben. Ich hab einen seltsamen Tag hinter mir.«

»Wie?«

»Ich hatte heute einen schlimmen Tag!«

»Dann habe ich eine gute Nachricht für Sie.«

»Was?«

»Die Suppe ist fertig.«

»Oh!«

»Sie müssen Hunger haben, wenn Sie sich verirrt haben.«

Das hatte ich nicht, aber ich wollte nicht die einzige gute Nachricht dieses Tages kaputt machen. Er ging in die Küche und kam mit zwei Holzschalen und einer Kelle wieder, wie im Märchen. Ich habe ihn nicht zu fragen gewagt, aber ich glaube, er hatte sie selbst geschnitzt.

»Setzen Sie sich ans Feuer, damit Sie sich aufwärmen können.«

Ich gehorchte ihm. Hier konnte mir nichts passieren, dieser alte halb taube und halb blinde Mann bewegte sich langsam wie eine Schildkröte. Selbst in Pantoffeln aus Synthetikwolle konnte ich schneller laufen als er. Mit sicherer Hand schenkte er die Suppe ein, ohne hinzusehen, dabei verließ er sich auf den Geruch und die Wärme. Und vermutlich auf seine Gewohnheit.

»Was ist in Ihrer Suppe drin?«

Er hörte mich nicht.

»Bitte, meine kleine Dame.«

Er reichte mir eine Schale und setzte sich auf einen Stuhl am Feuer neben mich. Ich sagte mir »Gemüse der Saison«, als ich ein Stück Pastinake sah, und »kleine wilde Tiere, in der Falle gefangen«, als ich ein paar Fleischstückchen fand.

»Leben Sie schon lange allein?«

»Wie?«

»Leben Sie allein?«

»Ich bin zu alt für Sie, kleine Madame!«

Ich lachte.

»Das war ein Witz. Sie sind nicht klein.«

»Haha.«

»Ich lebe allein, aber abends kommt Mariette.«

»Jeden Tag?«

»Sie will sich den Himmel verdienen. Es gibt da ein paar Dinge, für die sie Vergebung braucht.«

»Wie wir alle.«

»Sie ist meine Schwester. Noch ziemlich jung, erst zweiundachtzig. Bärenstark, unglaublich.«

»Wie alt sind Sie?«

»Was?«

»Wie alt sind Sie?«

»Die Leute sagen fünfundneunzig, aber ich glaube, sie übertreiben ...«

Wenn das stimmte, dann hatte er die Große Depression erlebt, den Zweiten Weltkrieg, die neue Fahne des Québec, Elvis, den ersten Fernseher, den Mauerfall in Berlin und eine ganze Menge Dinge, deren Erfindung man preist oder bedauert, zum Beispiel Laubgebläse. Wie viele Verwandte hatte er schon zu Grabe getragen? Aber er saß ganz ruhig da wie jeder andere Mann, trank seine Suppe aus der Schale und schob sich mit dem Finger Gemüseteile in den Mund, die an seinen Lippen hängen geblieben waren. Ich tat es ihm gleich. Diese Mischung aus Brühe und zu lange gekochtem Gemüse schmeckte erstaunlich gut. Sollte Eichhörnchen darin sein, war es gut durchgegart. Mein Unglück plagte mich in diesem Haus seltsamerweise nicht, es wartete draußen auf mich wie eine Meute hungriger Wölfe. Was mich vorher so gequält hatte, dass ich kaum noch Luft bekam, erschien mir plötzlich ganz unwichtig. Ich aß eine warme Suppe und trug zwei unterschiedliche Pantoffeln.

»Ich habe meine Arbeit verloren.«

»Haben Sie Kinder?«

Ich lächelte und zeigte ihm drei Finger.

»Sind sie gesund?«

»Ja, sehr!«

»Also, solange die Kinder gesund sind ...«

»Das ist wahr ... Ich habe meine Arbeit heute verloren.«

Er holte ein Stofftaschentuch aus seiner Tasche und wischte sich damit den Mund ab, dann die Augen und schnäuzte sich. Ich fragte mich, ob Mariette ihn ab und zu wusch. Seine Hautfarbe wirkte ein wenig beunruhigend.

»Sie werden eine neue finden. Sie sind doch nicht krank?«

»Nein.«

»Wenn man gesund ist ...«

»Heute braucht man für alles einen Abschluss.«

»Dann gehen Sie wieder zur Uni, Sie sind doch noch ganz jung. Ihr Mann hat seine Arbeit noch, oder?«

»Mein Mann hat mich verlassen.«

»Was?«

»Mein Mann hat mich verlassen.«

»Verlassen? Wo ist er denn hin?«

»Oh, an einen fernen Ort.«

Ich hob den Arm und spreizte die Finger, um die Entfernung zu markieren.

»Ist er tot?«

»Nein, es geht ihm sehr gut, vielleicht zu gut.«

Dann aßen wir unsere Suppe und hingen unseren Gedanken nach, bis wir aufgegessen hatten.

»Wenn Sie auf die große Straße wollen, müssen Sie

auf die Straße 7. Erst rechts, dann bis ans Ende und da nehmen Sie den Weg, der vor der Kirche abbiegt, und dann bis zu dem grünen Schild. Die Kirche steht noch da, aber es werden keine Gottesdienste mehr abgehalten.«

»Schade.«

»Nein, ist nicht schade drum. Ich konnte die Priester nie leiden. Sehen Sie mal die Bank da hinten. Die hab ich mir geholt, als sie die Kirche ausgeräumt haben. Für alles Geld, das die von mir gekriegt haben, hätte ich mir ein paar Bankreihen holen können.«

Ich hätte nichts dagegen gehabt, noch ein wenig zu bleiben. Er hatte sicher viele schöne Geschichten auf Lager. Allein um mir die Fotos an der Wand zu erklären, hätte er Stunden, ja vielleicht Tage gebraucht.

»Danke für alles!«

»Verirren Sie sich ruhig wieder mal, ich bin immer zu Hause und gehe nie aus.«

»Haben Sie auch Kinder?«

»Ja.«

»Besuchen die Sie?«

Er machte eine vage Handbewegung.

»Ich bringe Ihnen die Pantoffeln zurück.«

»Nein, sie sind ein Geschenk von meiner Frau. Sie hätte sich gefreut. Meine Truhe ist voll davon.«

Ich blickte auf meine Füße. Ich hatte einen Pantoffel richtig dehnen müssen, um meinen Fuß hineinzuschieben. Der andere war so groß, dass ich ihn bei jedem Schritt zu verlieren fürchtete. Die Farben waren scheußlich, das Material rau und unbequem. Aber seit Ewigkeiten hatte mich kein Geschenk mehr so gerührt.

Erst als ich wieder im Auto saß, bemerkte ich, dass wir uns einander nicht vorgestellt hatten. Das war jedoch im Grunde unwichtig. Unsere Namen hätten uns nichts weiter gesagt, außer dass unsere Eltern bestimmte Laute lieber mochten als andere.

Ich verließ das Haus von Adélard – für mich sah er aus, als hieße er so – wie nach einem wohltuenden Schläfchen. Als ich die Kirche erreicht hatte, rief ich Claudine an.

»Ich bin's.«

»Verdammt! Wo bist du?«

»Irgendwo auf dem Land, warte mal, da ist ein Schild, nein, da steht nichts drauf, jedenfalls bin ich bald auf der Autobahn.«

»Was machst du bloß?«

»Ich bin einfach losgefahren, habe mich verirrt, hab bei einem alten Mann von fünfundneunzig zu Abend gegessen …«

»Warst du schon auf Facebook?«

»Wie kommst du jetzt darauf?«

»Seit wann?«

»Was seit wann?«

»Seit wann warst du nicht mehr auf Facebook?«

»Meinst du das ernst? Seit meiner Bombe im Frühjahr war ich da nie mehr. Warum fragst du mich das?«

»Verdammt!«

»Was ist los?«

»Verflucht noch mal!«

»Claudine.«

»Ruf Jacques an.«

»Es ist noch nicht der 23.«

»Ruf ihn trotzdem an.«

»Nein! Aber sag du mir, was hier ist!«

»Hm.«

»Raus mit der Sprache!«

»Die kleine Schlampe ist schwanger.«

In einem sinnlosen Reflex drehte ich mich um und fragte mich, ob ich vielleicht umkehren, die letzten Minuten ungeschehen machen und in Abélards wohltuenden Kokon außerhalb von Zeit und Raum zurückkehren sollte. Aber ich war in meiner Geschichte gefangen wie Thelma und Louise, als sie begreifen, dass es für sie keinen Weg zurück gibt. Ich musste vorwärtsgehen und mich mit der Musik auseinandersetzen, ob ich nun Rhythmusgefühl hatte oder eben nicht. Bei Adélard hätte ich Bouillon trinken und die Gänse beobachten können, bis mein Körper aufgab. Aber bei einem so intelligenten Telefon, das mich in der tiefsten Provinz aufspüren und sein Gift über mich ausschütten konnte, hatte ich keine Chance. Da konnte mich nur noch Sarkasmus retten.

»Kann man mit falschen Brüsten stillen?«

»Die Frage habe ich mir noch nie gestellt.«

»Vielleicht kann man sie ablegen und dann wieder anziehen.«

»Vielleicht kann man statt der Prothesen Milchbeutel einsetzen.«

»Mit Saugern dran.«

»Die dumme Kuh hat ein Foto von ihrem Bauch auf Facebook gepostet.«

»Folgst du ihr auf Facebook?«

»Alle Leute folgen allen und das auf jeder Menge

Netzwerken. In ganz Nordamerika gibt es nur drei oder vier, die es nicht wissen.«

»Ach ja, stimmt ja.«

»Bist du auf dem Heimweg?«

»Hm.«

»Wie fühlst du dich? Du scheinst ruhig zu sein.«

»Es geht so.«

In meinem Kopf herrschte in Wahrheit ein solcher Sturm, dass ich die Augen zusammenkneifen musste, um mich zu konzentrieren. Die Autobahn war in Sicht, ich könnte so weit wie möglich nach Norden fahren, mein Auto am Rand eines einsamen Wegs stehen lassen, bis zum nächsten See laufen und mich in die Tiefe stürzen. Dann würde ich mich mit den Fröschen auf dem Grund vergraben und den Winter vorüberziehen lassen.

»Meine Kinder kriegen einen Bruder oder eine Schwester ...«

»Oder beides, in letzter Zeit gibt es eine wahre Zwillingsepidemie.«

»Die Familie meiner Kinder wird größer, aber nicht meine. Es ist, als hätte man auf Pause gedrückt, doch nur ich allein wäre stehen geblieben. Ich stecke fest, aber die anderen gehen weiter.«

»Nein, Diane, du bewegst dich vorwärts, du gehst nur einen anderen Weg.«

»Ich sollte aber eigentlich denselben nehmen wie sie.«

»Ich weiß.«

»Mir ist, als machten wir einen schönen Spaziergang und Jacques sagte zu den Kindern: ›Kommt schnell, wir gehen von hier weg, damit eure Mutter es nicht sieht.‹ Ich bin allein im Wald ...«

»Ich weiß.«

»Philippe hat keine neue Familie gegründet.«

»Nein, aber jede zweite Woche verstecken sich meine Kinder im Wald. Und in der anderen muss ich sie suchen, selbst wenn ich sie direkt vor mir habe.«

»...«

»Diane, ich verstehe, wenn du in Rage bist, aber mach keine Dummheiten.«

»Ich muss anhalten und tanken. Ich habe nur Pantoffeln an.«

»Was, Pantoffeln?«

»Das ist eine längere Geschichte.«

»Rufst du mich gleich wieder an?«

»Ja, später.«

»Du machst keine Dummheiten, versprochen?«

»Ich hab den Vorschlaghammer zu Hause gelassen.«

»Ich hab dich lieb, alte Nuss!«

Ich ging tanken, trank einen großen Kaffee, der nach Spülwasser schmeckte, und fuhr nach Hause. Was hätte ich auch anderes tun sollen.

Nachdem ich das Auto im Eingang geparkt hatte, stellte ich den Motor ab und blieb hinter dem Steuer sitzen. Ich ließ den Schmerz langsam in mir aufsteigen, wie eine Flut, die von den Gestirnen angezogen wird. Jetzt konnte er kommen, ich hatte keine Kraft mehr, vor ihm zu fliehen. Ich ließ alle meine Seufzer, meine Schreie, mein Gebrüll hinaus. Ich hielt mich am Steuer fest, und so wurde mein gesamter Körper zu einem Schallkörper. Ich schrie, so laut ich nur konnte. Wie man unter der Folter schreit, verzweifelt, um das Böse von innen heraus zu töten. Nachdem meine Lunge leer war, holte ich tief Luft und begann erneut, versuchte noch mehr, noch lauter zu schreien. Ich wollte, dass die Windschutzscheibe zerspringt, das Auto explodiert. Als meine Stimmbänder aufgaben, bemühte ich mich umso mehr, wollte weitermachen, bis sie zerreißen. Mein Zorn nährte meinen Zorn, mein unergründlicher Kummer lief mir in Speichelfäden den Hals herunter. Meine Eingeweide würden aus meinem Körper springen wie ein Rosenkranz aus Würstchen. Ich würde mich ausweiden, bis nur die Haut übrig blieb. Krepieren.

Ich war auf dem besten Weg zu einem gewaltsamen Tod durch Selbstentleerung, als ich spürte, wie sich eine Hand auf meinen Arm legte.

»Diane! Diane!«

Der tätowierte Mann von der Baustelle kniete neben mir, den Kopf zurückgelegt, und sah mich von unten an.

»Okay, komm, es wird schon wieder …«

Ich war so außer Atem, als wäre ich Marathon gelaufen. Mein Gesicht war voller Spucke, Schleim, Rotz. Ich konnte Mund und Augen nur mühsam bewegen, mein Gesicht war sicher ganz aufgequollen. Die Adern an meinen Schläfen pochten im Rhythmus meines aufgebrachten Herzens.

»Tut dir irgendwas weh?«

Ich schüttelte den Kopf. Außer Hals- und Kopfschmerzen und Taubheit in den Füßen gab es nichts zu beanstanden.

»Möchtest du ins Krankenhaus?«

»Nein.«

»In eine Psychiatrie?«

»Nein.«

»Soll ich jemanden anrufen?«

»Nein.«

»Schaffst du es auszusteigen?«

»Nein.«

»Gut, ich helfe dir. Willst du ein Taschentuch?«

Es musste schlimmer sein, als ich dachte.

»Ja.«

»Bitte ein paar Taschentücher, keinen Krankenwagen, nur Taschentücher!«

Madame Nadaud kam mit einem feuchten Waschlappen und einer Schachtel Papiertaschentücher. Mit der freien Hand hielt sie den Kragen ihrer Jacke fest.

Sie erinnerte mich an meine Mutter, die schon so lange tot war, dass ich in schwierigen Momenten schon gar nicht mehr an sie dachte. Ich sagte ganz leise »Mama«, um zu sehen, was dieses alte Wort in meinem Mund bewirkte. Wie ein Geysir brachen die Tränen aus mir hervor, wie damals, vor langer Zeit, als ich dreißig war. Ich habe mich geschnäuzt, um meine Schluchzer zu ersticken. Mama.

Obwohl mein Gesicht fürchterlich aussah, kam der Tätowierte mir nahe. Ich spürte die Wärme seines Körpers. Ich hatte gar nicht gemerkt, wie verfroren ich war.

»Möchtest du nach Hause gehen?«

Ich sah über seinen Kopf hinweg auf mein Haus, um zu verstehen, was er meinte. Das Haus schien mir Lichtjahre entfernt.

»Hm. Hm.«

»Halt dich an mir fest, ich bringe dich hin.«

»Nein, nein …«

»Doch, doch, du kannst hier nicht bleiben.«

Bevor ich etwas sagen konnte, schob er seinen Riesenarm unter meine Knie, um mich hochzuheben. Zum Glück hatte ich mich nicht vollgepinkelt. So bin ich am Tag meines Zusammenbruchs ins Haus gekommen wie eine junge Braut.

»Schöne Pantoffeln.«

Er setzte mich in den Sessel im Wohnzimmer und kniete sich vor mir hin. Hätte es mich nicht an Jacques' unerträglich klassischen Heiratsantrag erinnert, hätte ich das rührend gefunden.

»Du möchtest sicher jemand anrufen.«

»Nicht sofort.«

»Du solltest jetzt nicht allein bleiben.«

»Ich bin so müde, so schrecklich müde.«

»Schlimme Nachrichten machen einen fertig.«

»Ja.«

»Okay. Ich muss wieder auf die Baustelle, aber ich bin ja gleich nebenan. Wenn es dir schlecht geht, dann sag Bescheid.«

»Ich brauche ja nur zu rufen.«

Er lachte ein wenig, dann kam er noch näher und nahm mich in den Arm wie eine alte Freundin. Er drückte mich fest an sich und das so lange, dass ich die Augen schloss und meinen Kopf auf seine Schulter legte. Ich ließ mich völlig gehen und genoss es. In seinen mächtigen Armen wurde mein Kummer ganz klein. Die Splitter meiner zersprungenen Seele sammelten sich nacheinander an seinem Hals, eine Ansammlung von Schmerz, der verschwinden musste.

Mein Körper nahm seine Wärme, seine Ruhe, seine Sanftheit auf.

Wäre da nicht unter seiner karierten Weste das Bild der Frau mit dem Flammenhaar gewesen, hätten wir uns vielleicht geküsst. Bevor er ging, rieb sich seine raue Wange ganz leicht an meiner. Unsere Lippen berührten sich fast. Ich nahm alles, was er mir in dem Moment geben konnte.

Als er fort war, kam Kistenkater aus seinem Versteck und schmiegte sich an meinen Hals. Er knabberte ein wenig an meinem Ohrring und fiel dann wieder mit ein paar nervösen Zuckungen in tiefen Schlaf. Ich schlief mit ihm ein, nach vielen heilenden Streicheleinheiten.

Als ich die Augen wieder öffnete, sah ich Claudine mit einem großen Tablett voll Sushi und einem teilnahmsvollen, traurigen Lächeln.

»Los, wach auf, wir feiern dein neues Leben! Ich habe eine schöne Flasche zum Einstieg mitgebracht.«

»…«

»Ich weiß, dir ist nicht danach, aber es wird dir guttun. Bleib ganz ruhig sitzen, ich kümmere mich um alles.«

»Claudine?«

»Was ist, meine Liebe?«

»Ich habe mein Rebound verloren.«

»Haha.«

KAPITEL 20

in dem ich mich im Spiegel sehe.

Meine Friseurin hatte sich an diesem Tag verspätet. Ich setzte mich auf das Rokoko-Sofa und tat wie immer so, als suchte ich in den zahlreichen Modezeitschriften, die im Stapel auf dem Abstelltisch lagen, nach einem neuen Haarschnitt, einer anderen Farbe. Sosehr ich auch Mut fasste, bevor ich die Schere sah, kaum saß ich auf Sabrinas Stuhl, da verließ er mich wieder. Meine Bemühungen, ein bisschen moderner auszusehen, widersetzten sich nie lange dem Ruf der langweiligen Frau, welche ich war. Man konnte die Langeweile schon an meiner Frisur erkennen.

»Also, was machen wir heute?«

»So wie immer.«

Die junge Kundin, die Sabrina gerade fertig frisierte und wegen der sie zu spät dran war, war begeistert über ihren Stufenschnitt und die verschiedenen Rosa-Töne, die nach mehreren Färbe- und Entfärbungsvorgängen auf den untersten fünfzehn Zentimetern ihrer Haare zutage traten.

»Genauso wie ich es wollte. Ich freue mich total. Meine Freundinnen werden so neidisch sein! Meine Mutter kommt gleich, um zu bezahlen.«

Etwas weiter hinten sprach eine kugelrunde Frau mit Eva, der anderen Friseurin.

»Ich möchte gern etwas anderes. Ich wirke sonst so hart. Würde mein Gesicht etwas länger wirken, wenn wir auf den Seiten ein paar farbige Strähnen machen?«

»Dazu sind deine Haare nicht lang genug. Wir müssen vielleicht ein bisschen am Schnitt ändern, damit sie länger wirken.«

»Aber hier oben, da könnte man doch ein bisschen Rot hinmachen, oder?«

Die Frau hatte sich wohl durch Autosuggestion davon überzeugt, dass sie durch farbige Strähnen ein paar Kilo loswerden könnte. Der Mensch lebt von der Hoffnung. Das ist eins seiner größten Talente. Die Illusionen, mit denen er sich vollstopft, versetzen ihn in die Lage, der grausamen Realität wenigstens für eine Weile zu entkommen.

»Ja, das könnte schön aussehen. Aber wir müssen erst mal die Farbe rausnehmen, um den richtigen Ton zu finden.«

»Lohnt sich das?«

»Wenn du wirklich ein schönes Rot haben willst, haben wir keine Wahl.«

»Na gut, dann los!«

Sie lachte vor Zufriedenheit, ganz aufgeregt wegen der Veränderung, die ihr bevorstand. Nur ein paar Strähnen traute sie zu, dass sie ihr Aussehen und ihre Stimmung aufbesserten. Sie fuchtelte zufrieden mit ihren Wurstfingern in der Luft herum.

Im großen Spiegel ganz hinten sah ich mich selbst. Da war ich, mit weißem Haaransatz, eine brave, biedere

Frau. Ich war genau wie die anderen wegen der Illusionen hier.

»Hallo, Diane!«

»Hallo!«

»Und was machen wir heute?«

»Meine natürliche Farbe.«

»Findest du es so zu dunkel?«

»Nein, ich möchte meine echte Naturfarbe.«

»Ich verstehe nicht ganz.«

»Weiß.«

»Meinst du das ernst?«

»Ja.«

Sie sah mich im Spiegel an, um zu verstehen, was los war. Das war nicht überraschend, denn normalerweise wollen Frauen ihrem Alter entfliehen, sich nicht voll darauf einlassen. Sie würde mir jedoch keine langen Vorträge halten. Sabrina stellt keine Fragen, arbeitet schnell und gut und erzählt einem nichts aus ihrem Leben.

»Ich mache dir weiße Strähnchen, so nah wie möglich an deiner Naturfarbe. So wird es sich am besten fügen. Die Strähnen machen wir alle zwei, drei Monate neu. In zwei Jahren sind sie dann auf der ganzen Länge weiß.«

»Mir wäre es lieber, sie abzuschneiden.«

»Und wie?«

»Eine Art Bopp, Kinnlänge. Dann sind sie schneller alle weiß.«

»Das könnte sehr gut aussehen. Du musst mir aber versprechen, dass du es hinterher nicht bereust.«

Sie drehte meinen Stuhl um und sah mich mit hochgezogenen Brauen an.

»Versprochen.«

»Eine Kundin von mir ist vor ein paar Monaten gekommen, um sich die Haare abschneiden zu lassen. Sie wollte einen Schnitt wie Jennifer Lawrence …«

»Die kenne ich gar nicht.«

»Nicht schlimm. Die Frau hatte Haare bis zur Hüfte und wollte sie kurz haben.«

»Oh!«

»Ich habe ihr den Schnitt gemacht, es sah super aus, der ganze Salon war aus dem Häuschen, wir haben sogar Fotos gemacht, bevor sie ging, aber eine Woche später kam sie her und beklagte sich.«

»Na so was.«

»Sie bereute es total. Am Tag, an dem sie es wollte, ging es ihr nicht so gut, ich hätte sie daran hindern sollen.«

»Wie ärgerlich für dich.«

»Ich verkaufe nichts, was man umtauschen kann, wie soll ich geschnittene Haare wieder ankleben?«

»Was hast du dann gemacht?«

»Ich habe ihr gesagt, sie soll sich setzen, um sich zu beruhigen. Dann habe ich ihr gezeigt, wie sie sie stylen soll, mit Schaumfestiger und all dem Zeug, armes Ding, sie hatte keine Ahnung, wie man das macht, sie hatte einen flachen Pfannkuchen auf dem Kopf, das sah furchtbar aus, man muss so einen Haarschnitt ja auch gut pflegen. Ich habe ihr dann eine Dose Styling-Gel geschenkt.«

»Du bist super nett.«

»Außerdem habe ich ihr gesagt, beim nächsten Mal soll sie mir ihren Menstruationsplan mitbringen.«

»Haha, bei mir brauchst du dir keine Sorgen zu machen.«

»Also gut, fangen wir an.«

Zweieinhalb Stunden später machte ich mein erstes Selfie mit meiner Friseurin, und sie zeigte mir, wie man ein Foto auf Facebook postet. Alle fanden mich toll. Von überall bekam ich Herzchen, Likes und nette Kommentare. Meine Freunde und Bekannten konnten sich über meinen neuen Look in meiner Abwesenheit austauschen und Vermutungen über mein Innenleben anstellen. Was bei sozialen Netzwerken gut ist: Der erste Schock, ob es um eine Trennung, ein Baby oder einen Haarschnitt geht, wird durch die E-Mails, die sich Leute hin- und herschicken, abgemildert.

»Kennst du einen guten Makler? Ich meine einen richtig guten und netten?«

Sie gab mir eine Visitenkarte, die neben der Kasse lag.

»Ein Freund von mir, super professionell, sehr nett, kein Immobilienhai.«

»Danke. Kann ich ihm sagen, dass ich dich kenne?«

»Ja, er ist ein Freund von meinem Bruder.«

»Letzte Woche habe ich einen getroffen, es war der reinste Horror. Allein sein Geruch, ich kam mit ihm gar nicht klar.«

»Du wirst sehen, er ist ein feiner Kerl. Mensch, du siehst einfach bombe aus. Wir hätten viel eher darauf kommen sollen.«

Meine Friseurin machte mit mir außen, was meine Therapeutin innen machte, sie half mir, mich schön zu finden.

Als die Mutter des jungen Mädchens mit den Strähnchen kam, war sie ein wenig überrascht.

»Was, so eine Farbe?«

»Wir haben einen schönen Stufenschnitt gemacht und dann … wusstest du denn nichts davon?«

»Das ist ein Witz, oder?«

»Oje!«

»Was soll das für eine Farbe sein?«

»Rosa.«

»Einen rosa Stufenschnitt?«

»Das ist gerade sehr angesagt.«

»Und wie viel kostet dieser Trend?«

»Setz dich erst mal.«

»Nein, nein, nein, wie viel?«

»Ich musste erst die alte Farbe wegnehmen, zweimal, danach Strähnchen in drei verschiedenen Tönen …«

»…«

»Zweihundertfünfundvierzig Dollar.«

»Was? Das ist ja nicht zu fassen! Die ist ja wirklich dreist! Ich bin doch kein Goldesel! Für mich selbst würde ich nie so viel ausgeben!«

Die Frau, die ich vor mir im Spiegel sah, hatte schöne weiße Strähnchen vom Geld ihrer Abfindung bekommen.

Sie sah nicht unglücklich aus.

Ich wollte ihn unbedingt beobachten, als er ankam. Man soll ja nicht nach dem Äußeren gehen, aber ich finde, ein kurzer Blick auf die Verpackung vermittelt einem schon einen Eindruck vom Inhalt.

Er kam pünktlich wie ein Privatdetektiv in einem

Subaru Outback mit Lehmspritzern an den Seiten. Ich merkte, dass seine Räder nicht auf Alufelgen montiert waren (Antoine hatte mir schon gesagt, dass ein Autofan sich nie exponiert, da sein Auto ein Teil seiner selbst ist – ohne Alufelgen eben). Er trug dunkle Jeans und ein marineblaues Polohemd. Keinen Blazer, keine glänzend polierten Schuhe. Sein Blick war entspannt, für meinen Geschmack ein bisschen zu sehr. Neben ihm wirkte ich sehr gut angezogen. Er war jünger, als ich erwartet hatte. Ende dreißig vielleicht. Buschige Augenbrauen. Mit etwas längeren Haaren hätte er eine Mönchstonsur gehabt.

»Guten Tag, sind Sie Madame Delaunais?«

»Stéphane?«

»Ja.«

»Können wir du sagen?«

Wir setzten uns nach draußen, die Stühle waren trocken. Ich wollte wissen, mit wem ich es zu tun hatte, bevor ich seinen fachmännischen Blick auf mein Hausinneres zuließ. Bei meinem Zahnarzt hatte ich es genauso gemacht.

Er nahm einen linierten Block aus der Tasche und einen HB-Bleistift, wie ich sie den Kindern immer für die Schule gekauft hatte. Der Makler der letzten Woche hatte mich mit seinen Bildschirmpräsentationen und seinem 3-D-Zeichenprogramm konfrontiert, bevor wir überhaupt eine Zusammenarbeit vereinbart hatten. Schon als er zum ersten Mal »Meine werte Madame« sagte, hätte ich ihn rauswerfen sollen. Dieser hier, mit seinen nicht geweißten Zähnen und seinem Gesicht eines Musterschülers, gefiel mir schon besser. Er sah mir ernst in die Augen.

»Darf ich dir eine indiskrete Frage stellen?«

»Nein.«

Er musste furchtbar lachen. Wir würden uns an das Wesentliche halten, und das würde genügen.

»Kein Problem. Tut mir leid.«

»Ich will das Haus verkaufen, weil ich umziehen möchte. Das ist alles.«

Vielleicht wirkte das doof. Aber ich hatte keine Lust, den ganzen Ärger mit meiner Ehe auszubreiten. Weder vor ihm noch vor irgendjemand sonst. Für Kunden, die wissen wollten, warum ich das Haus verkaufen wollte, konnte er wiederholen, was ich ihm gerade gesagt hatte, die reinste Wahrheit. Ich wollte umziehen. Aus welchem Grund dies so war, ging niemanden etwas an.

»Sehr gut. Möchten Sie bald verkaufen?«

»Du.«

»Entschuldigung, möchtest du es schnell verkaufen?«

»Das hängt davon ab, was das heißt.«

»Hast du ein Datum, bis wann du ausziehen willst?«

»Weihnachten möchte ich nicht mehr hier sein.«

In meinen schlimmsten Albträumen sah ich mich am Ende eines langen, leeren Tisches, vor mir ein Truthahn, dick wie ein Kamel in seinem Saft. Im Fernsehen, das lief, um mir Gesellschaft zu leisten, zeigten sie *Das Wunder der 34. Straße* in verwaschenen Farben.

»Okay. Ich kann dir mehrere Möglichkeiten vorschlagen:

1. Du hast alle Zeit der Welt.

2. Du willst verkaufen, aber nicht zu jedem Preis.

3. Und dann die aggressive Art: Du willst es unbedingt schnell loswerden.«

»Wie funktioniert die aggressive Art?«

»Ich habe ein paar Mitarbeiter, die ein Home Staging vornehmen. Wir geben einen Preis an, der leicht unter dem Marktwert ist, damit wir Angebote bekommen und vielleicht sogar einen Bieterwettbewerb hinkriegen, der Zwischenmakler bekommt einen schönen Anteil. Das kann man in einem Wochenende erledigen.«

»Und was ist dabei meine Aufgabe?«

»Nichts. Außer an den Umzug zu denken.«

»Das gefällt mir.«

»Ich nehme an, Sie, ich meine du, hast dir schon andere Häuser angesehen!«

»Nein, ich fange gerade an. Ich habe deinen Kontakt gestern erst von Sabrina bekommen.«

»Übrigens, tolle Frisur.«

»Danke.«

»Ich könnte ziemlich schnell etwas für dich finden.«

»Ich weiß nicht so richtig, was ich suche.«

»Wir können ein Kaufprofil erstellen mit dem, was du schon weißt: der Anzahl der Zimmer, die du haben willst, der Gegend, in die du ziehen möchtest, dem Preis ...«

»In die Stadt.«

»Bist du sicher, dass du in die Stadt willst? In Montcalm werden im Moment schöne Häuser verkauft.«

»Ich mag Limoilou.«

»Limoilou? Da gibt es eher Eigentumswohnungen ...«

»Ja, eine Eigentumswohnung ...«

Nach einer Woche kleinerer Reparaturen, um die Löcher in den Wänden zu stopfen und ein Geländer an der Terrasse anzubringen, war mein Haus perfekt. Ich überwachte die Arbeiten im Haus nur, um sicher zu sein, dass der verdammte Umschlag lebendig eingemauert wurde und niemand zufällig darauf stoßen konnte. So würde er hinter einer Platte Rigips verfaulen, gefangen im Schlamm seines Geschwätzes. Diese tragende Wand würde nur mit dem ganzen Haus abgerissen werden, am Ende der Zeiten, mit der großen apokalyptischen Welle der schmelzenden Gletscher oder im Feuer der Hölle, jedenfalls nach meinem Tod.

Dann kamen ein paar Frauen zum Dekorieren auf spitzen Absätzen an, um »den Charme des Hauses hervorzuheben«. Ich will nicht von Dingen reden, von denen ich nichts verstehe, aber ich habe starke Zweifel daran, dass eine künstliche Weinranke oberhalb einer Kochinsel den Käufer eines Hauses überzeugen kann, sei es nun meins oder das von jemand anderem. Als ich sah, wie sie mit Plastikobst und Stofftulpen ankamen, machte ich mich aus dem Staub, hatte aber vorher noch einen kleinen Vorschlag:

»Ich könnte zur nächsten Besichtigung auch ein paar Muffins bereitstellen.«

»…«

»Weil das so gut riecht.«

»…«

»Vergesst es, das war nur Spaß.«

Die aggressive Methode funktionierte beinahe zu gut. Eine Woche später teilte mir Stéphane mit, wir hätten drei Angebote auf dem Tisch. Mit Muffins hätten wir ein halbes Dutzend bekommen.

»Wann willst du die Bieter empfangen?«

»Ich habe dazu viel zu schwache Nerven.«

»Ich kann es für dich machen und sie dir danach vorstellen.«

»Es sei denn ...«

Stéphane hielt nichts von meiner Idee, aber ich wollte nicht die bittenden Blicke eines Maklerteams über mich ergehen lassen, die mich überzeugen wollten, dass ihr Kunde mein Haus »brauchte«, »so ein schönes Objekt«. So versteckte ich mich in der Speisekammer, auf einem bequemen, weichen Stuhl, um keinen Krach zu machen.

Die erste Maklerin kam zu spät. Der erste Schnitzer.

»Hallo, mein lieber Stéphane! Geht's dir gut? Du siehst von Mal zu Mal besser aus. Ich bringe ein Superangebot mit. Da kannst du nicht Nein sagen. Da wirst du staunen. Deine Kundin ist ja eine komische Type, sie dachte wohl, ich beiße.« Der zweite Schnitzer. »Meine Kunden sind Feuer und Flamme, ihnen hat das Haus sehr gefallen, ich verstehe das ja eigentlich nicht, diese kanadischen Häuser deprimieren mich total.« Der dritte Schnitzer. Sie plauderte drauflos. In jedem zweiten Satz nannte sie ihn »mein schöner Stéphane«, als wolle sie damit ihr wirres Gerede etwas strukturieren. Einmal sprach sie über technische Einzelheiten des Hausverkaufs, dann wieder über ihr Privatleben, wonach sie keiner gefragt hatte. Als Nächstes erzählte sie ungefähr alles über ihre letzte Trennung. Sie hatte sich gerade eine Spirale einsetzen lassen.

Die zweite Maklerin kam mit leisen Schritten und sprach auch leise. Ich hörte praktisch nichts von dem, was sie sagte. Als ich mich dem Schlüsselloch näherte, stieß ich gegen einen Stapel Tomatendosen, die am Boden aufgereiht waren.

»Da drin ist jemand.«

»Nein, das sind die Rohre.«

»Ich würde eher sagen ein Tier oder so.«

»Das ist ein altes Haus, das Holz arbeitet manchmal ein bisschen, die Heizung ist gerade angesprungen …«

»Ihr müsst Bescheid sagen, wenn es hier eine Rattenplage oder Ähnliches gibt.«

»Ich gebe dir mein Wort, Carole, alles ist okay.«

»Kannst du mal die Tür aufmachen, nur zur Kontrolle?«

»Oh, da kommt ja schon Bertrand! Zu welchem Termin wollen deine Kunden kaufen?«

Der besagte Bertrand trug Steppschuhe oder etwas in der Art. Ich spürte seine Gegenwart, sein Gewicht, seinen Geruch. Ich stellte ihn mir mit gebräuntem Teint, gefärbten Haaren und einer dicken Armbanduhr vor.

»Hallo, Steph! Es ist ewig her, dass wir mal ein Projekt zusammen hatten.«

»Allerdings, bitte nimm Platz.«

»Ich hab ein wirklich schönes Angebot für dich, Steph! Richtig Kohle.«

»Ich höre.«

»Ich bin sicher, dass wir uns einig werden.«

»Das sieht sich meine Kundin alles in Ruhe an.«

»Hör zu, Steph, ich habe hier einen Preis für dich,

meine Kunden warten am Telefon, sie brennen darauf, die eine Zahl zu hören.«

»Wie bitte?«

»Komm, Steph ...«

»Ich verstehe nicht.«

»Nein?«

»Nein.«

»Ich weiß, dass du es weißt, aber ich erkläre es dir trotzdem.«

»Das brauchst du nicht, Bertrand, ich spiele nicht. Dein Angebot?«

»Nein, dein Angebot. Dein Angebot ist unser Angebot.«

»Geh mir nicht auf den Sack mit deinen Sprüchen. Ich gebe dir noch drei Minuten«

»Es dauert sogar nur zehn Sekunden. Du sagst mir deine Zahl, und das war's dann.«

»Du weißt, dass ich dich anzeigen kann.«

»Komm, Steph, jetzt reg dich mal ab ...«

»Du hast noch dreißig Sekunden.«

Er schrieb eine Zahl auf, bevor er sich murrend auf den Weg machte. Ihm waren die Spielregeln egal, wie vielen anderen auch. Eine Untersuchungskommission über den Immobilienmarkt würde nichts anderes zutage fördern als alle anderen Kommissionen auch: Manche Leute verdienen Geld, indem sie betrügen. Ehrlichkeit ist sehr viel seltener als kleine Tricks. Systeme sind wie der Körper, unvollkommen und funktionell.

Ich habe schließlich das Angebot der wenig netten Frau angenommen, die mein Haus nicht mochte. Ihre Kunden liebten es und machten ihre Fehler damit wett.

Sie vertrat eine Familie mit vier Kindern. In allen Zimmern, auch dem im Untergeschoss, würde es Spiele und Lachen geben, Tränen, Geheimnisse, die weitererzählt wurden, Träume und kleine Verluste. Wie wir es vor fünfundzwanzig Jahren geplant hatten, wollten auch sie ihr Leben lang dort wohnen. Ich hasste mich für das kleine zynische Lachen in meinem Innern. Dieses alte Haus pflegte genau wie ich noch seine Wunden, viel Neues konnte ihm nur guttun. Es mir mit blühendem Leben angefüllt vorzustellen war der einzige Weg, mich von ihm zu trennen.

Die Kinder kamen und holten sich die Möbel, die sie brauchten oder aufheben wollten. Sie packten ihre Jugenderinnerungen sorgfältig ein, um damit ihr Leben zu schmücken – oder ihren Keller. Ich hatte es so eingerichtet, dass sie alle zusammenkamen, am Tag meines eigenen Umzugs, um die Illusion zu haben, dass wir gemeinsam umzögen. Dies machte es mir leichter, nicht zusammenzubrechen. Ich weinte nur ein paar Tränen, als Alexandre mir sagte, seine Erinnerungen seien in seinem Kopf und nicht in dem Haus. Ich hatte ihn, meinen sensiblen Jungen, lange nicht mehr so erschüttert gesehen. Ob man wollte oder nicht, es gab jetzt einen Riss zwischen Vorher und Nachher in der Geschichte unserer Familie. Ich wiegte meinen wunderbaren Ältesten im Stehen. Mehr konnte ich für uns nicht tun. Ich hatte mein Leben lang tröstende Worte für ihn gefunden, jetzt gelang es mir nicht mehr. Der Schmerz hatte mich so sehr im Griff, dass ich mich ihm selbst nicht entziehen konnte.

Am nächsten Tag kam ich noch einmal und weinte lange vor meinem kanadischen Haus. Das Leben, das ich einmal gehabt hatte, verlor seinen letzten Halt. Die letzten Spuren von früher verblassten. Alle, die ich liebte, waren fort und lebten ein anderes Leben. Ohne mich. Sie lebten ihre Geschichten, die mich jetzt nichts mehr angingen, woanders. Ich fühlte mich weggeworfen, verlassen wie eine Verwundete, die man liegen lassen muss, um sein eigenes Leben zu retten.

Ich brauchte eine neue Geschichte, ein neues Leben. Einen richtigen Neuanfang.

Den Kistenkater hatte Charlotte mir für immer dagelassen.

Als sie meine neue Frisur sah, wusste meine Therapeutin sofort, dass wir uns nach diesem Termin nicht mehr sehen würden. Paradoxerweise hatte ich das Bedürfnis, mit der Therapie aufzuhören, als ich diese Frau allmählich besser verstand. Ich war in ihre Praxis immer gekommen wie in einen Beichtstuhl und hatte geglaubt, ich könnte mich durch eine Bußzahlung – den Zehnten oder ein Honorar – von meinen Schrecken befreien, indem ich sie auf eine Frau ablud wie Müll. Mir gefiel der Gedanke, dass sie zum Yoga ging, um die Last all der Geständnisse abzuwerfen, so wie Priester dem Messwein die Sünden anvertrauen, die sie bei der Beichte im Namen des abwesenden Gottvaters entgegennehmen. Doch ich hatte nichts begriffen: Diese Frau war keine Schutthalde, sondern ein Spiegel. Mit ihrer Hilfe hatte ich zwischen dunklen Schatten die Frau entdeckt, die ich noch sein konnte. Das war natürlich nicht mein

Plan gewesen, als ich heiratete. Aber ich habe gelernt, dass die Unvorhersehbarkeit des Lebens eine seiner guten Seiten ist. Niemand besteigt ein Boot mit dem Gedanken, dass es untergehen wird. Aber Boote gehen nun mal unter. Auf dem Meeresgrund liegen endlos viele Wracks, die sanft von Wasserpflanzen zugedeckt werden. Und doch gibt es auf dem Meer immer mehr prächtige Segelboote. Verständlich; das Meer ist schließlich wunderschön. Die Liebe ist genau wie das Meer das Risiko wert, auf das wir uns einlassen.

»Jacques hat mich immer geschützt. Er ist schon mal mitten im Winter mit einer Eisenstange aus dem Auto gesprungen, um mich gegen einen dicken Siedler zu verteidigen, dem ich auf der Straße den Weg abgeschnitten hatte und der mir den Kopf abreißen wollte, haha ... Er hat mich wieder aufgerichtet, als meine Mutter starb, das war so schrecklich, auch nach ›unseren‹ Schwangerschaften, wie er immer sagte, er wollte nicht, dass ich litt, keiner durfte mir wehtun. Und jetzt erleide ich die schlimmsten Schmerzen meines Lebens, Schmerzen, wie ich sie mir nie habe vorstellen können, aber er tut nichts, er sieht zu, wie ich mein Blut verliere, ohne etwas dagegen zu unternehmen. Er war es sogar selbst, der mir das Messer in den Leib gestoßen hat ... Ich hatte mir immer vorgestellt, dass er wiederkommen würde, mich in den Arm nehmen und mir sagen würde, er hätte sich geirrt ...«

»Und jetzt?«

»Er kommt nicht zurück.«

»Macht dir das Angst?«

»Noch nie im Leben habe ich solche Angst gehabt.«

KAPITEL 21

in dem ich stricke, laufe, tanze.

»Wer bist du?«

»Ich heiße Diane. Und wie heißt du?«

»Simon.«

»Wo wohnst du, Simon?«

»In meinem Haus.«

Er sah mich mit bösen Augen an. Er zeigte auf das Ende der Straße.

»Bist du allein?«

»Wo sind die Zwerge?«

»Welche Zwerge?«

»Die Zwerge, die dort waren.«

»Hast du Zwerge verloren?«

»Nein.«

»Wie alt bist du, Simon?«

»Fünfeinhalb.«

»Gehst du in den Kindergarten?«

»Ja.«

»Aber wissen denn eigentlich deine Eltern, dass du gerade hier bist?«

»Siiimon!«

Eine großes Mädchen kam angelaufen, die Haare

wehten im Wind, die Fäuste hielt sie geballt. Sie schien nicht gerade gut gelaunt zu sein.

»Simon, du darfst nicht allein über die Straße gehen! Mama ist sehr wütend. Alle suchen nach dir. Komm mit! Du wirst Ärger kriegen.«

»Ich glaube, er sucht seine Zwerge.«

»Ach, guten Tag!«

»Guten Tag.«

»Weil es hier früher Zwerge gab.«

»Echte Zwerge?«

»Nein, Gartenzwerge. Da war ein Garten mit lauter Zwergen und Sachen für die Zwerge.«

»Eine kleine Schubkarre.«

»Ja, da waren Häuschen, ein Brunnen, Schubkarren, eine Mühle, Pilze, ganz viele Sachen.«

»Wo sind die jetzt?«

»Simon, es gibt sie nicht mehr. Madame Nardella ist nicht mehr hier!«

»Ich habe dieses Doppelhaus mit einer Freundin gekauft. Ich wohne oben.«

»Sie können sich glücklich schätzen, alles ist ganz neu. Das Haus, das vorher dastand, haben sie abgerissen. Es hatte nur ein Stockwerk.«

»Ja, das hat mir der Makler schon erzählt.«

»Wir müssen gehen, meine Mutter wartet auf uns.«

»Hast du ein Glück, so eine hübsche große Schwester zu haben.«

»Nein.«

»Wir sind fünf Kinder, er ist der einzige Junge, und deshalb meint er, er hat nicht so viel Glück.«

»Fünf Kinder? Von derselben Mutter?«

»Ja.«

»Zazie, guck mal, da ist eine Katze!«

»*Wow!* Eine Katze mit drei Beinen!«

»Das ist Steve, mein Kater, ich nenne ihn Kistenkater, er kam in einer Box zu mir.«

»Was ist mit dem Bein passiert?«

»Er hatte einen Unfall.«

»Oh nein!«

»Ja, aber er ist gerettet worden, und jetzt geht es ihm sehr gut. Er läuft überallhin, mag die Straße gern und hat viele Freunde hier.«

Dass er mir seit unserem Einzug mehrere Vögel und zwei Mäuse angeschleppt hatte, erzählte ich lieber nicht.

»Ich hab auch eine Katze.«

»Und wie heißt sie?«

»Kartoffel zwei.«

»Das ist ja sehr lustig. Und warum?«

»Weil Kartoffel eins tot ist.«

»Okay, Simon, ein anderes Mal, jetzt müssen wir gehen.«

»Aber ich will ihn streicheln.«

»Ein andermal.«

»Wie heißt du?«

»Isabelle. Aber alle nennen mich Zazie.«

»Ich heißt Diane.«

»Tschüss, Diane!«

Ich habe die zweite Etage genommen, um mehr Licht zu haben. Ich habe zwei schön eingerichtete Gästezimmer. Claudine wohnt im Erdgeschoss. Ihre Mädchen haben ihr Zimmer im Souterrain. Alle sind zufrieden. Laurie freut sich, in der Stadt zu sein, ihre Schule ist ganz in der Nähe. Adèle ist von ihrer Privatschule geflogen, aus verschiedenen Gründen, von denen laut Direktor jeder einzelne für einen Rauswurf gereicht hätte. Die Sache ist Claudine sehr recht, auch wenn sie ein bisschen demütigend ist – schließlich fällt laut Sprichwort der Apfel nicht weit vom Stamm.

»Es kostet nichts und ist gleich nebenan, keine Wege mehr morgens und abends für unser faules Mädchen.«

Claudine ist so naiv zu glauben, dass die neue Schule ihrer Tochter ihr natürliches Phlegma austreiben wird. Ich wünsche ihr von Herzen, dass sie recht hat. Da ich das Mädchen ja fast jeden Tag sehe, wenn es bei seiner Mutter ist, bringen wir es zu zweit auf Trab.

Alexandre hat sich geweigert, Patenonkel seines künftigen kleinen Bruders zu werden. Er findet, dass sein Vater »in seinen Wechseljahren« mit dieser Bitte ein wenig übertrieben hat. Ich weiß, das ist nicht schön, aber es tut mir gut. Mein Sohn wollte mich rächen, dafür bin ich ihm dankbar. Bessere Gefühle werden sich einstellen, wenn wir den Schmerz verarbeitet haben.

Ich habe die Idee mit dem Joggen aufgegeben. Das Leben lädt mir schon genug Lasten auf, da muss ich nicht noch einen draufsetzen. Jedenfalls nicht im Moment. Aus demselben Grund habe ich die Scheidung beantragt, habe nicht länger gewartet und auch keine große Geschichte daraus gemacht. Ich habe in Anspruch genommen, was mir durch meine Ehe zusteht, habe die Geschicklichkeit meines Anwalts dafür genutzt und die Bitten meiner Ex-Schwiegermutter ignoriert. Die Ehe hat letztlich doch ein paar Vorzüge: Ich muss nicht sofort nach Arbeit suchen und habe angefangen zu stricken.

Jeden Tag schnüre ich meine Schuhe und gehe viele Kilometer, um mir das Viertel, in dem ich aufgewachsen bin, neu zu erschließen. Die großen Bäume sind noch da, das alte Baseballstadion auch, manche Schulen und der Friseur an der Ecke der 3. Avenue. Überall gibt es kleine Cafés, Feinkostläden und Handwerksbetriebe. Die kleinen Straßen und Balkone sind der Lebensmittelpunkt der Leute, die hier wohnen. An warmen Abenden hört man Gläser klingen, das Geräusch von Flaschen und Geschirr. Ich schließe die Augen und genieße die Musik, ich, die Frau ohne Rhythmusgefühl. Der große Schock meiner Trennung hat mich hierher zurückgebracht und alte Kindheitserinnerungen aufleben lassen.

Diese neuen Lebensräume haben mir eine wunderbare Erkenntnis gebracht: Meine Kinder sind nicht Jacques. Der Blick, den ich auf sie richte, ist kein bisschen getrübt durch die Tatsache, dass er ihr Vater ist. Im Gegenteil, sie haben etwas an sich, was ich am meisten an ihm geliebt habe. Nie werde ich die Gefühle leugnen, die ich für diesen Mann gehegt habe. Die Liebe zu ihnen in Worte zu fassen fällt mir schwer, ich liebe sie über die Maßen. Alles andere ist nebensächlich.

Im Baumarkt habe ich in der Gartenabteilung eine schöne Kollektion Gartenzwerge gefunden. Hätte man mir eines Tages gesagt, dass ich nur zum Scherz einen Gartenzwerg kaufen würde, hätte ich es nicht geglaubt.

Er ist so kitschig, dass er schon wieder schön ist. Mein Herz konnte nicht anders.

»Die sind jetzt groß in Mode, liebe Madame. Fast den ganzen Sommer über waren sie ausverkauft. Die hier haben wir erst zu Saisonende bekommen, sonst hätte ich gar keine mehr.«

»Gibt es sie zum Sonderpreis?«

»Oh nein! Im Frühjahr werden sie drei Dollar teurer und werden weggehen wie nichts.«

Modisch sein will ich nun wirklich nicht. Ich will nur dem kleinen Simon eine Freude machen, der oft mit irgendeiner seiner Schwestern hier vorbeikommt. Ich habe einen ausgesucht, der eine kleine Schubkarre fährt.

»J. P. lässt dich grüßen.«

»Ach, der schöne J. P.! Grüß ihn zurück.«

»Mach ich auf jeden Fall.«

»Du machst so ein seltsames Gesicht.«

»Hier, mach das mal auf.«

»Champagner? Der ist doch nicht etwa echt!«

»Und ob!«

»Was ist los?«

»Du wirst es nicht glauben.«

»Was?«

»Philippe hat mir endlich gezahlt, was mir zusteht.«

»Nein! Das müssen wir feiern!«

Freitagabende sind für Claudine und mich heilig. Wir öffnen eine oder zwei Flaschen und machen uns über Gott und die Welt Gedanken. Dazu essen wir etwas vom

Feinkostladen an der Ecke. Keine Vorbereitung, kein Geschirr, keine Schuldgefühle. Wir genießen das Leben, etwas, das unsere Großmütter nie gekannt haben. Wenn wir so richtig in Fahrt sind, machen wir uns Musik an und tanzen barfuß auf dem polierten Wohnzimmerboden. Mein Körper bewegt sich in seinem ganz eigenen Rhythmus. Ich lasse ihn machen, was er will, er ist frei. Laurie sagt, ich tanze »originell«. Für eine langweilige Frau mit einer banalen Geschichte ist das ein schönes Kompliment.